学《がく》習《しゅう》障《しょう》害《がい》三《さん》代《だい》
おそろい

100%わかってもらえなくても、5%知《し》ってもらえばいい

松本《まつもと》 三枝子《みえこ》

エスコアール

第1章

最初《さいしょ》の気《き》づき 7

私《わたし》は学習障害《がくしゅうしょうがい》だ 8
居心地《いごこち》の良《い》い家《いえ》 11
文字《もじ》が読《よ》めない小学生《しょうがくせい》 14
どうでもいいと思《おも》った中学時代《ちゅうがくじだい》 17
真実《しんじつ》より信用性《しんようせい》のある嘘《うそ》 19
優《やさ》しい先生《せんせい》 22
メモが取《と》れない 24

第2章

母《はは》になる 29

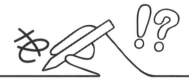

泣《な》かない我《わ》が子《こ》 30
走《はし》りまわる息子《むすこ》との日々《ひび》 32
罪悪感《ざいあくかん》と酒《さけ》とタバコ 37

第3章

息子《むすこ》の小学生時代《しょうがくせいじだい》　41

あっぱれな〇点《れいてん》　42

誕生日《たんじょうび》は母《はは》への感謝《かんしゃ》の日《ひ》　48

頭《あたま》を誰《だれ》かとかわりたい　49

二分《にぶん》の一成人式《いちせいじんしき》　51

授業参観《じゅぎょうさんかん》と保護者会《ほごしゃかい》　59

資格《しかく》への挑戦《ちょうせん》　65

第4章

学習障害《がくしゅうしょうがい》の告知《こくち》　69

学習障害理解者《がくしゅうしょうがいりかいしゃ》との出会《であ》い　70

子《こ》どもも大人《おとな》も可能性《かのうせい》の塊《かたまり》　75

障害《しょうがい》の診断《しんだん》と理解《りかい》　77

普通《ふつう》じゃないって楽《たの》しい　86

第5章

思春期《ししゅんき》の子《こ》どもとの笑《わら》っちゃう日々《ひび》　91

子育《こそだ》てに行《い》きづまったらふざけちゃう　92

お前《まえ》の弟《おとうと》、バカなの？　96

ダサいことはかっこいい　100

六〇《ろくじゅっ》%は嫌《いや》なこと、それ以上《いじょう》に優《やさ》しい四〇《よんじゅっ》%　102

トイレ事件《じけん》はたくさんの愛《あい》　104

弟《おとうと》への母性愛《ぼせいあい》　108

楽《たの》しく生《い》きる　112

第6章

父《ちち》も学習障害《がくしゅうしょうがい》だった　115

父《ちち》は感《かん》じの良《い》いじじいで十分《じゅうぶん》だ　116

父《ちち》の仕事《しごと》　119

心《こころ》の傷《きず》は今《いま》も消《き》えない　125

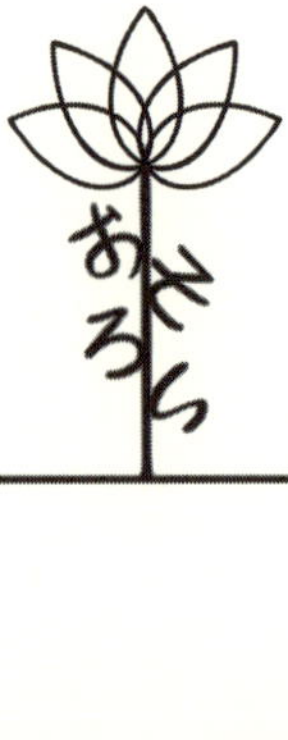

第7章

後《うし》ろを見《み》ながらも前《まえ》に進《すす》む

129

小学生《しょうがくせい》の写生会《しゃせいかい》　130
人《ひと》としての常識《じょうしき》があれば十分《じゅうぶん》だ　132
学習障害《がくしゅうしょうがい》なんて困《こま》らない　136
母《はは》として思《おも》うこと　138
私《わたし》の仲間達《なかまたち》へ　148
根拠《こんきょ》のない自信《じしん》　151
息子《むすこ》からもらった出会《であ》いに感謝《かんしゃ》　155
推薦《すいせん》の言葉《ことば》　160
あとがき　166
著者手書《ちょしゃてが》き原稿《げんこう》（本文第《ほんぶんだい》6章《しょう》　父《ちち》も学習障害《がくしゅうしょうがい》だった）　170

第1章

最《さい》初《しょ》の気《き》づき

私《わたし》は学習障害《がくしゅうしょうがい》だ

今《いま》は「ＬＤ」とか「ディスレクシア」「読《よ》み書《か》き障害《しょうがい》」とも言《い》われている。

まさにそれが三十八才《さんじゅうはっさい》の、二児《にじ》の母《はは》の私《わたし》だ。

私《わたし》の父《ちち》も、絶対《ぜったい》ＬＤだと思《おも》う。

私《わたし》が小《ちい》さい時《とき》から、電化製品《でんかせいひん》の説明書《せつめいしょ》を読《よ》んだり、会社《かいしゃ》に出《だ》す書類《しょるい》を書《か》いたりするのは、全《すべ》て年《とし》の離《はな》れた姉《あね》が行《おこな》っていた。その時《とき》は、字《じ》を書《か》いたり読《よ》んだりするのは難《むずか》しいから、私《わたし》とおそろいなんだと思《おも》っていた。

「ま」という字《じ》が「ま」になってしまったり、「ね」という字《じ》が「ね」になってしまっているのかなぁって思《おも》っていた。

ある時父《ときちち》に

「私《わたし》お父《とう》さんとおそろいで、教科書《きょうかしょ》を読《よ》むとロボットみたいになって、一文字《ひともじ》読《よ》むのが大変《たいへん》で頭《あたま》に入《はい》らないの。〈あ〉って字《じ》なんだっけ？〈う〉って字《じ》どうやって書《か》いたっけ？ってなっちゃうの！」と言《い》うと

「オレの子《こ》だからバカが似《に》ちゃったんだね。どうして人《ひと》と話《はなし》をしたり仕事《しごと》もできるのに、これだけは苦手《にがて》、というよりできないんだろうね」

と私《わたし》に教《おし》えてくれた。つづけて父《ちち》は

「お父《とう》さんは昔《むかし》、作文《さくぶん》を書《か》いて自分《じぶん》のお父《とう》さんに見《み》せたの、そしたら『お前《まえ》すごくいい字《じ》を書《か》くね』とほめられて嬉《うれ》しくなった。それでクラスの先生《せんせい》に見《み》せると『ずい分《ぶん》、きたない字《じ》だなぁ、これじゃあ、読《よ》めねぇじゃないか！』と言《い》われたのをきっかけに勉強《べんきょう》をしなくなり、クラスメートにバカにされ、それから毎朝《まいあさ》ランドセルをしょって、上野動物園《うえのどうぶつえん》へひたすらかよっていた」と私《わたし》に教《おし》えてくれた。

（注《ちゅう》）本文中《ほんぶんちゅう》、学習障害《がくしゅうしょうがい》とＬＤを併記《へいき》しています。

（ＬＤ）の定義《ていぎ》　＜Learning Disabilities＞

学習障害《がくしゅうしょうがい》とは、基本的《きほんてき》には全般的《ぜんぱんてき》な知的発達《ちてきはったつ》に遅《おく》れはないが、聞《き》く、話《はな》す、読《よ》む、書《か》く、計算《けいさん》する又《また》は推論《すいろん》する能力《のうりょく》のうち特定《とくてい》のものの習得《しゅうとく》と使用《しよう》に著《いちじる》しい困難《こんなん》を示《しめ》す様々《さまざま》な状態《じょうたい》を指《さ》すものである。

学習障害《がくしゅうしょうがい》は、その原因《げんいん》として、中枢神経系《ちゅうすうしんけいけい》に何《なん》らかの機能障害《きのうしょうがい》があると推定《すいてい》されるが、視覚障害《しかくしょうがい》、聴覚障害《ちょうかくしょうがい》、知的障害《ちてきしょうがい》、情緒障害《じょうちょしょうがい》などの障害《しょうがい》や、環境的《かんきょうてき》な要因《よういん》が直接《ちょくせつ》の原因《げんいん》となるものではない。

出典《しゅってん》　文部科学省《もんぶかがくしょう》（主《おも》な発達障害《はったつしょうがい》の定義《ていぎ》についてより）

居心地《いごこち》の良《い》い家《いえ》

私《わたし》が小学三年《しょうがくさんねん》の時《とき》、読《よ》み書《か》きは苦手《にがて》で、かけ算《ざん》も覚《おぼ》えられなかった。午前中《ごぜんちゅう》の二時間目《にじかんめ》に繰《く》り返《かえ》し練習《れんしゅう》しても、午後《ごご》にはもう頭《あたま》のどこにもない。先生《せんせい》に「練習《れんしゅう》してくるように」と指導《しどう》されても、練習《れんしゅう》の意味《いみ》すら分《わ》からなかった。頭《あたま》に入《はい》らない練習《れんしゅう》など、全然《ぜんぜん》意味《いみ》がないからだ。


「お父《とう》さん、かけ算《ざん》できる？」

「うん、できない。大人《おとな》になれば、道具《どうぐ》を使《つか》えばいい。計算機《けいさんき》」

父《ちち》はずるがしこそうな顔《かお》で、私《わたし》に教《おし》えてくれた。

「いいよね。困《こま》らないね。おそろいだからまぁいいか」

この家庭《かてい》という世界《せかい》では、私《わたし》をひきこもらせたりトラウマになったりする要素《ようそ》は、一《ひと》つもなかった。母《はは》も親《おや》バカからきているものだと思《おも》うが、「お前《まえ》は口《くち》が達者《たっしゃ》で愛嬌《あいきょう》がある。読《よ》み書《か》きは大切《たいせつ》。だけど、その愛嬌《あいきょう》でいけば生《い》きていけるよ。女《おんな》はきちんとしたあいさつ、思《おも》いやり、笑顔《えがお》があれば、生《い》きていけるの！」

と、教《おし》えてくれた。

私《わたし》が「今《いま》」いるのは、カリスマ性《せい》の強《つよ》い母《はは》と父《ちち》と四人《よにん》の兄妹《きょうだい》という強《つよ》い人間愛《にんげんあい》のおかげだ。

だが、一歩《いっぽ》出《で》た大《おお》きな世界《せかい》は違《ちが》った。

「バカって、うつるんだって」

と言《い》われた時《とき》もあり、ある先生《せんせい》は、

「お前《まえ》、利口《りこう》そうな顔《かお》して、とんでもなく頭《あたま》が悪《わる》いバカだな」

と言《い》ってテストの順位《じゅんい》を後《うし》ろの黒板《こくばん》にはり、

「皆《みんな》、見《み》てみなさい。連続《れんぞく》ビリを守《まも》っている人《ひと》がいるから」

と笑《わら》って言《い》われ、恥《は》ずかしい思《おも》いをさせられたこともあった。この先生《せんせい》はゲンコツもよくしていた。私《わたし》はクラスNo.1、ゲンコツをされた女子《じょし》だった。

勉強《べんきょう》ができないのに口《くち》が達者《たっしゃ》だからだ。

バカなくせに生意気《なまいき》だからだ。

ゲンコツの痛《いた》みよりはずかしめをうけた時《とき》の方《ほう》が、だんとつつらかった、悲《かな》しかった、切《せつ》なかった。

本当《ほんとう》に、家庭《かてい》の居心地《いごこち》の良《よ》さに感謝《かんしゃ》した。

文字《もじ》が読《よ》めない小学生《しょうがくせい》

人《ひと》それぞれ違《ちが》うＬＤの症状《しょうじょう》は、私《わたし》の場合《ばあい》小学校《しょうがっこう》に入学《にゅうがく》して、「あ」「お」「な」「ぬ」「ね」「め」の字《じ》を区別《くべつ》するのに困《こま》った。そして書《か》くのも困難《こんなん》だった。加《くわ》えて「そ」「を」も難《むずか》しかった。

今《いま》でもそうだが、漢字《かんじ》でも一文字《ひともじ》の漢字《かんじ》なら問題《もんだい》ないが、二個《にこ》並《なら》んでいる漢字《かんじ》は携帯電話《けいたいでんわ》で検索《けんさく》して、紙《かみ》に書《か》き出《だ》す時《とき》には何回《なんかい》も見《み》ないと書《か》けない。例《たと》えば、「額《がく》」「謝《しゃ》」「袋《ふくろ》」「技《わざ》」などはもう疲《つか》れる。

そして、この作文《さくぶん》を書《か》いている最中《さいちゅう》も、同《おな》じ字《じ》なのに前《まえ》に戻《もど》り探《さが》して書《か》いている。それと、「ちゅ」「ちゃ」「しょ」「じゃ」とか、こういったものも使《つか》い方《かた》や表《あらわ》し方《かた》をよくまちがえる。

だから面倒《めんどう》だ。それで、元気《げんき》がない時《とき》はひらがなが多《おお》い。漢字《かんじ》は嫌《きら》い。

大人《おとな》になると、ひらがなが多《おお》いとバカに見《み》える。「こんな字《じ》も書《か》けないのか！この字《じ》くらいは漢字《かんじ》で書《か》けるだろう」……、漢字《かんじ》はかっこいいのか？伝《つた》わればいい。

字《じ》を見《み》て人《ひと》を判断《はんだん》するのは意味《いみ》があることなのだろうか？私《わたし》は普通《ふつう》ではないから分《わ》からない。言葉《ことば》が大切《たいせつ》であって、ひらがなか漢字《かんじ》かはどうでもいい。って負《ま》け惜《お》しみ（笑《わらい》）

音読《おんどく》も、苦痛《くつう》のものでしかなかった。字《じ》は戻《もど》ってしまうことと、おかしなことに一行《いちぎょう》ぬけてしまう時《とき》もある。それの繰《く》り返《かえ》しをしていると、もう気《き》持《も》ち悪《わる》くなって吐《は》き気《け》まで感《かん》じてくる。

それと、時計《とけい》がずばぬけて理解《りかい》ができなかった。何時何分《なんじなんぷん》、何時間後《なんじかんご》、何時間前《なんじかんまえ》、そして一三時《じゅうさんじ》から二四時《にじゅうよじ》までの表《あらわ》し方《かた》は、最初《さいしょ》からアナログの時計《とけい》を見《み》て数《かぞ》えながらでないと無理《むり》だった。そして、小《ちい》さい計算《けいさん》でも手《て》と足《あし》とクラスの人《ひと》の頭《あたま》まで使《つか》わないと無理《むり》だった。私《わたし》は六年生《ろくねんせい》になっても指《ゆび》を使《つか》っていた。それは勉強《べんきょう》で使《つか》っているのではなく、友達《ともだち》に

「月曜日《げつようび》なら遊《あそ》べるよ！」

と言《い》われ、曜日《ようび》の確認《かくにん》と何日《なんにち》か数《かぞ》えるためだ。そんな小《ちい》さいことでも考《かんが》えてしまう。さっとでてこない。

どうでもいいと思《おも》った中学時代《ちゅうがくじだい》

私《わたし》はやんちゃな女《おんな》の子《こ》で、読《よ》み書《か》きができないまま中学校《ちゅうがっこう》へ上《あ》がった。もう、想像《そうぞう》ができていると思《おも》うが、覚《おぼ》えられないことを隠《かく》し、読《よ》み書《か》きできないことが怠《なま》けからきていると言《い》われ（なら、いいや。みんなが思《おも》っているように手《て》っ取《と》り早《ば》く、悪《わる》くなれば）誰《だれ》からも、何《なに》も学校《がっこう》では言《い》われなくなると、弱《よわ》い情《なさ》けない自分《じぶん》が出《で》てしまい、私《わたし》は階段《かいだん》を踏《ふ》み外《はず》すようにドドドドーっと、悪《わる》くなる方《ほう》を選《えら》んでしまった。

ある時《とき》、問題《もんだい》をおこした私《わたし》は二《に》、三日家《さんにちいえ》に帰《かえ》らなかった。

やっと家《いえ》に帰《かえ》ると、母《はは》が待《ま》ってました！ と言《い》わんばかりに私《わたし》をつかまえ、馬乗《うまの》りになって私《わたし》の首《くび》を押《お》さえつけながら、

「お前《まえ》、母親《ははおや》なめるな！　中途半端《ちゅうとはんぱ》に色々《いろいろ》して。一生懸命《いっしょうけんめい》に生《い》きることもしないで、何《なに》してる！　母親《ははおや》は子《こ》どものためなら、いつだって死《し》ねる覚悟《かくご》はできている。お前《まえ》の首《くび》をしめて、その後《あと》、私《わたし》も死《し》ぬことくらい、たやすいことなんだ！」

と叱《しか》られた。

どんな不良《ふりょう》の人《ひと》より怖《こわ》かった。

私《わたし》は、明日《あす》から学校《がっこう》へ行《い》くことを約束《やくそく》した。

分《わ》からない授業《じゅぎょう》を聞《き》かず、保健室《ほけんしつ》や廊下《ろうか》にいた。そしてなんとなく中三《ちゅうさん》になり、高校《こうこう》も行《い》けず、お決《き》まりの学年《がくねん》で一人《ひとり》だけの就職組《しゅうしょくぐみ》になった。

でも、母《はは》の真剣《しんけん》な愛情《あいじょう》に救《すく》われた。

真実《しんじつ》より信用性《しんようせい》のある嘘《うそ》

中学一年生《ちゅうがくいちねんせい》の時《とき》、校庭《こうてい》での全校朝礼《ぜんこうちょうれい》が終了《しゅうりょう》し「一年生《いちねんせい》から、教室《きょうしつ》に戻《もど》りなさい」の声《こえ》に皆《みんな》と進《すす》んで歩《ある》いた。私《わたし》が校舎《こうしゃ》に入《はい》ろうとするところで、男性教員《だんせいきょういん》の脇《わき》の下《した》に頭《あたま》を入《い》れられるような形《かたち》（軽《かる》いヘッドロック）で捕《つか》まる。けっこうな注目《ちゅうもく》の的《まと》……先生《せんせい》の脇《わき》の下《した》で聞《き》いた言葉《ことば》は

「お前《まえ》、髪《かみ》の毛《け》染《そ》めているな！　明日《あす》までに染《そ》め直《なお》してこい！」。

私《わたし》は何《なに》も言《い》い返《かえ》さなかった。私《わたし》は、色《いろ》が白《しろ》く地毛《じげ》の色《いろ》が明《あか》るい。すでにやんちゃな小学生生活《しょうがくせいせいかつ》を送《おく》っていたので、中学校《ちゅうがっこう》に入《はい》るなり先生《せんせい》にマークされていた。

家《いえ》に帰《かえ》ると、二番目《にばんめ》のお姉《ねえ》ちゃんからお金《かね》をもらって髪染《かみぞ》めを買《か》いに行《い》った。

私《わたし》は次《つぎ》の日《ひ》、明《あか》るい茶色《ちゃいろ》い髪《かみ》で学校《がっこう》に行《い》った。校庭《こうてい》で胸《むね》にしまってある鏡《かがみ》を見《み》ると、太陽《たいよう》の光《ひかり》の具合《ぐあい》で、きれいな赤《あか》い髪色《かみいろ》だった。自分《じぶん》の本当《ほんとう》の髪《かみ》の色《いろ》を違《ちが》うと

言《い》われたから、違《ちが》う色《いろ》にしただけだ！　自分《じぶん》の色《いろ》ではない偽物《にせもの》の色《いろ》なら、私《わたし》は何色《なにいろ》でも良《よ》かった。本当《ほんとう》を否定《ひてい》された私《わたし》は、何《なに》がなんでも、黒髪《くろかみ》は嫌《いや》だった。その赤《あか》い髪《かみ》の理由《りゆう》を、先生《せんせい》に教《おし》えてあげたかった。先生《せんせい》は理由《りゆう》も聞《き》かなかった。バカな私《わたし》。

中学一年生《ちゅうがくいちねんせい》の時《とき》に、一年同士《いちねんどうし》の女子《じょし》のケンカがあった。ケンカと言《い》っても文句《もんく》の言《い》い合《あ》いみたいなもんだ。私《わたし》が廊下《ろうか》を歩《ある》いていると、同《おな》い年《どし》の女子《じょし》が今《いま》からケンカをするからどちらが悪《わる》いかジャッジしてほしいと言《い》ってきた。なんだか、野《や》次馬心《じうまごころ》が出《で》ちゃって、そのやり取《と》りを私《わたし》はじっと見《み》ていた。でもくだらないから、飽《あ》きちゃって

「もう、私行《わたしい》くわ、飽《あ》きちゃった」

って家庭科室《かていかしつ》から抜《ぬ》けた。遊《あそ》びから家《いえ》に帰《かえ》ると、二番目《にばんめ》のお姉《ねえ》ちゃんが

「あんた、また何《なに》かしたの？　学校《がっこう》の先生《せんせい》から電話《でんわ》あったよ。女子《じょし》のケンカの

中心《ちゅうしん》にいたんだって?」

って言《い》われた。

真実《しんじつ》より、信用性《しんようせい》がある嘘《うそ》が出回《でまわ》っていた。

次《つぎ》の日《ひ》その場《ば》にいた女子《じょし》に「先生《せんせい》から電話《でんわ》来《き》た?」って聞《き》いたら、誰《だれ》もかかってきてなかった。どうしてだろう、私《わたし》は小学生《しょうがくせい》の時人《ときひと》に意地悪《いじわる》をしたことがある、そのバチがこういうところにきていたのか? そしたらしょうがなかったね、と今考《いまかんが》えさせられる。意地悪《いじわる》もした分《ぶん》、素直《すなお》に生《い》きないと……。

覚《おぼ》えが悪《わる》すぎる私《わたし》は、アルツハイマー病《びょう》という病気《びょうき》がこの世《よ》にあると小学生《しょうがくせい》の時《とき》に知《し》った。自分《じぶん》はこの病気《びょうき》かもしれないと思《おも》い、物凄《ものすご》い恐怖《きょうふ》を感《かん》じたことがある。

優《やさ》しい先生《せんせい》

「顔《かお》が大人《おとな》っぽくて、男《おとこ》うけしそうな顔《かお》だから、風俗《ふうぞく》に就職《しゅうしょく》すればいい」

と言《い》った先生《せんせい》がいた。

その時《とき》の先生《せんせい》の机《つくえ》の上《うえ》には可愛《かわい》い娘《むすめ》の写真《しゃしん》が飾《かざ》られていて、私《わたし》はその可愛《かわい》い娘《むすめ》さんを指《ゆび》でさし、

「よくこの子《こ》の前《まえ》で、そういうこと言《い》えるね……」

と一言《ひとこと》、言《い》った。

でも、それもこれも、中学校生活《ちゅうがっこうせいかつ》、私《わたし》がふざけて生《い》きた返《かえ》しだ。

誰《だれ》も普通《ふつう》の子《こ》にこんなことを言《い》うはずはないのだろうから。

私《わたし》が、蒔《ま》いた種《たね》。

また、先輩《せんぱい》からしめられているところを見《み》ても、知《し》らないふりをして、素通《すどお》り

していく先生《せんせい》もいた。

その反面《はんめん》、応援《おうえん》してくれる先生《せんせい》もいた。誰《だれ》も相手《あいて》にしてくれない私《わたし》を気《き》にかけてくれて、廊下《ろうか》や階段《かいだん》で会《あ》うたびに声《こえ》をかけてくれた。職場見学《しょくばけんがく》について来《き》てくれて、

「夜《よる》、ごはん食《た》べて帰《かえ》ろう。先生《せんせい》になる前《まえ》に通《かよ》っていた、安《やす》いけど美味《おい》しいステーキハウスがあるの。一緒《いっしょ》に食《た》べよう」

と連《つ》れて行《い》ってくれた女《おんな》の先生《せんせい》がいた。

とても嬉《うれ》しくて、ありがたかった。

このステーキ先生《せんせい》は、私《わたし》を人《ひと》として扱《あつか》ってくれた。元気《げんき》がなかった私《わたし》を、最寄《もよ》りの駅《えき》から遠《とお》い自宅《じたく》まで送《おく》ってくれた。

私《わたし》は今《いま》でも、その先生《せんせい》を忘《わす》れない。

勉強《べんきょう》を教《おそ》わるより、生活指導《せいかつしどう》を受《う》けるより、人《ひと》としての感謝《かんしゃ》というものを学《まな》んだ。

どの経験《けいけん》も、今《いま》はとてもいい思《おも》い出《で》だ。

メモが取《と》れない

私《わたし》は、中卒《ちゅうそつ》で美容室《びようしつ》へ就職《しゅうしょく》をした。LDではなく、勉強《べんきょう》をしてこなかったできの悪《わる》い不良《ふりょう》で就職《しゅうしょく》をした。

見習《みなら》いとして、みんなはメモを取《と》ったり、休憩《きゅうけい》の合間《あいま》にノートに書《か》き写《うつ》したりしていた。私《わたし》はメモが取《と》れない。メモが取《と》れないから、ノートにまとめられない。

そんな人《ひと》が他《ほか》にいるわけもないだろうから、また私《わたし》はやる気《き》がない人間《にんげん》として映《うつ》ってしまい、指導《しどう》をされる。メモが取《と》れないことも伝《つた》えたが、相手《あいて》の理解《りかい》は難《むずか》しかったようだ。

私《わたし》は、もう嫌《いや》になり仕事《しごと》を辞《や》めた。

数週間《すうしゅうかん》、今《いま》でいうニートをやっていると、母《はは》が私《わたし》に毎日《まいにち》、「働《はたら》かざる者《もの》、食《く》うべからず。働《はたら》かざる者《もの》、食《く》うべからず」と、お経《きょう》のように唱《とな》えてきた。私《わたし》が面接《めんせつ》を受《う》けることで、このお経《きょう》のような言《こと》葉《ば》もおさまり、仕事《しごと》も見《み》つかればいいなぁと思《おも》い、毎日《まいにち》のように面接《めんせつ》を受《う》けた。

面接《めんせつ》では

「なぜ、中卒《ちゅうそつ》？」と言《い》ってくるお店《みせ》や、履歴書《りれきしょ》をひらくなり、

「学歴《がくれき》一行《いちぎょう》って……」と言《い》わんばかりにお断《ことわ》りの嵐《あらし》がつづいた。

でも、拾《ひろ》ってくれるお店《みせ》もあり、カフェレストランのバイトを始《はじ》めた。動《うご》きっぱなしは一《ひと》つもつらくなかったが、何《なに》が一番《いちばん》つらいって、領収書《りょうしゅうしょ》の名前《なまえ》を書《か》くことだった。自然《しぜん》と私《わたし》は、

「上様《うえさま》で、よろしいですか？」

と聞《き》く知恵《ちえ》をつけた。きちんと名前《なまえ》を書《か》いてほしいと言《い》う方《かた》には、持《も》ち前《まえ》の愛嬌《あいきょう》で領収書《りょうしゅうしょ》とペンを差《さ》し出《だ》す。すると、ほとんどの方《かた》は名前《なまえ》を書《か》いてくれた。

そんなことをしながら仕事《しごと》をつづけていたが、店《みせ》がつぶれることになり、私《わたし》は仕事《しごと》をつづけられなくなってしまった。

また面接《めんせつ》の嵐《あらし》がはじまった。色々《いろいろ》なことが社会《しゃかい》に出《で》てわかった。できの悪《わる》いことを言《い》わなくても「要領《ようりょう》よくやればうまく行《い》くじゃん」って思《おも》っていた時《とき》もあった。

そんなことを色々《いろいろ》学《まな》んで、社会《しゃかい》の大変《たいへん》さ楽《たの》しさを覚《おぼ》えて、私《わたし》はその時《とき》に付《つ》き合《あ》っていた人《ひと》と結婚《けっこん》した。

第2章

母《はは》になる

泣《な》かない我《わ》が子《こ》

こんな私《わたし》に娘《むすめ》ができた。

小《ちい》さく生《う》まれてきた娘《むすめ》は、ミルクの飲《の》みが悪《わる》いとか夜泣《よな》きがひどいこともあったが、お喋《しゃべ》りする時期《じき》には、私《わたし》と話《はなし》をしてくれた。毎日彼女《まいにちかのじょ》と過《す》ごす時間《じかん》は楽《たの》しく、私《わたし》は朝起《あさお》きるのが待《ま》ち遠《どお》しいくらいだった。

そんな楽《たの》しい時間《じかん》を過《す》ごしている中《なか》、二人目《ふたりめ》を授《さず》かった。元気《げんき》な男《おとこ》の子《こ》だった。とにかく可愛《かわい》い。生《う》まれた時《とき》の検査《けんさ》ではなにも異常《いじょう》はなく、二人《ふたり》の子育《こそだ》ては毎日大変《まいにちたいへん》だったが、楽《たの》しくて笑《わら》えた。でも、上《うえ》の子《こ》がお喋《しゃべ》りを始《はじ》めた時期《じき》になっても、息子《むすこ》は話《はなし》をしてくれない。そこには走《はし》りまわっている彼《かれ》がいた。

体《からだ》も弱《よわ》く、喘息《ぜんそく》で入院《にゅういん》した頃《ころ》、担当《たんとう》の医師《いし》から、

「この子点滴《こてんてき》の針《はり》も泣《な》かないし、喋《しゃべ》らないから、少《すこ》し耳《みみ》の検査《けんさ》をしましょう」

と言《い》われた。その結果《けっか》を聞《き》くと

「中耳炎《ちゅうじえん》のひどいもので、両耳《りょうみみ》が聞《き》こえてないんだよ」

と教《おし》えてくれた。

「注射《ちゅうしゃ》も怖《こわ》がらないのは、察知《さっち》が遅《おそ》く、痛《いた》いとか怖《こわ》いとかを、先《さき》に感《かん》じられないからなのかもね……」

と言《い》われた。

私《わたし》は、予防接種《よぼうせっしゅ》の時《とき》にいつも大人《おとな》しく注射《ちゅうしゃ》を打《う》たれていた息子《むすこ》に、

「お利口《りこう》さんね、強《つよ》いね」

と、頭《あたま》をなでていた。そうではないことを知《し》った時《とき》、私《わたし》は自分《じぶん》を責《せ》めたくなった。

泣《な》かない子《こ》どもが、どうしてえらいのだろうか？

強《つよ》い子《こ》どもが、どうして立派《りっぱ》だと思《おも》っていたんだろうか？
お母《かあ》さんなのに気《き》づいてあげなかったことに、ごめんなさいの一言《ひとこと》しかなかった。

走《はし》りまわる息子《むすこ》との日々《ひび》

息子《むすこ》は小《ちい》さい時《とき》から、私《わたし》に子育《こそだ》ての楽《たの》しさと、うまくいかないことを教《おし》えてくれていた。

小《ちい》さい時《とき》の健診《けんしん》は、周《まわ》りの子《こ》ども達《たち》と変《か》わりはなかったが、三才児健診《さんさいじけんしん》の時《とき》は明《あき》らかに違《ちが》っていた。みんな上手《じょうず》におとなしくお母《かあ》さんの言《い》うことを聞《き》いているのに、彼《かれ》は狭《せま》い所《ところ》をうまく走《はし》りぬけたり、広《ひろ》い所《ところ》でぐるぐる走《はし》りまわったりしていた。「あの子《こ》、落《お》ち着《つ》きないわね、行儀《ぎょうぎ》が悪《わる》い」と言《い》われているような、他《ほか》のお母《かあ》さん達《たち》の視線《しせん》に耐《た》えられないので、私《わたし》は息子《むすこ》を必死《ひっし》に捕《つか》まえようと走《はし》りまわる。他《ほか》のお母《かあ》さん達《たち》にあやまりながら追《お》いかける。息子《むすこ》が本気《ほんき》で走《はし》るものだから捕《つか》まえられなくて、私《わたし》と息子《むすこ》は保健《ほけん》センターで、親子《おやこ》で鬼《おに》ごっこをしている。多《た》動症《どうしょう》は完璧《かんぺき》に入《はい》っていると思《おも》っている。みんなが答《こた》えている質問《しつもん》に答《こた》えられない。私《わたし》は息子《むすこ》を完全《かんぜん》におかしいと思《おも》っている。その様子《ようす》を見《み》ていたカウンセリングの方《かた》が、私《わたし》に健診《けんしん》が終《お》わっても保健《ほけん》センターに残《のこ》るように言《い》ってきた。私《わたし》たち親子《おやこ》は部屋《へや》に呼《よ》ばれ、カウンセリングの方《かた》は、息子《むすこ》に積《つ》み木《き》で遊《あそ》ぶよう勧《すす》め、積《つ》み木《き》を高《たか》く重《かさ》ねるように問題《もんだい》を出《だ》した。

息子《むすこ》が遊《あそ》んでいる間《あいだ》、私《わたし》に

「どうして、他《ほか》のお母《かあ》さん達《たち》にあやまっていたのですか？」

と聞《き》いてきた。私《わたし》は、

「皆《みな》さんに迷惑《めいわく》だし、甘《あま》やかしているお母《かあ》さんに見《み》られたくないからです」

と答《こた》えた。カウンセリングの方《かた》から
「この子《こ》、耳《みみ》が悪《わる》いですか？」

と聞《き》かれたので、私《わたし》は息子《むすこ》が一歳《いっさい》の時《とき》に入院《にゅういん》し、両耳《りょうみみ》が聞《き》こえていないことに気《き》づいたので、今病院《いまびょういん》に通《かよ》っていることを話《はな》した。すると、

「耳《みみ》のせいで遅《おく》れがあるのは、分《わ》かってあげないとダメよ。耳《みみ》のせいで、多動《たどう》があるのかもしれないのよ」

と言《い》ってくれた。そして私《わたし》は
「彼《かれ》は、自閉症《じへいしょう》とかそういう子《こ》ですか？　もしそうなら、早《はや》くそのことを勉強《べんきょう》しないと……分《わ》かってあげないとダメ。私《わたし》が一番近《いちばんちか》くにいるんだから！」

と言《い》うと、カウンセリングの方《かた》は、

「まずねお母《かあ》さん、お母《かあ》さんはどうしてあやまったの？」

と聞《き》き

「皆《みな》さんに迷惑《めいわく》って言《い》ってたでしょ？　この子《こ》は走《はし》っていただけなのに、何迷惑《なにめいわく》をかけたの？　あなたも悪《わる》いことしてないんだよ。そして甘《あま》やかしてないと思《おも》っている。あなたは、しっかり子《こ》どもと向《む》き合《あ》っているお母《かあ》さんですよ。なぜ、あやまっちゃうの？　何《なに》ひとつ悪《わる》いことしてないんだから、あやまらないの！　本当《ほんとう》に迷惑《めいわく》かけた時《とき》に、あやまりなさい」

と言《い》ってくれた。つづけて、

「自閉症《じへいしょう》の心配《しんぱい》だけどね、お母《かあ》さん後《うし》ろ見《み》てみなさい。息子《むすこ》さんあんなに一生懸命《いっしょうけんめい》、積《つ》み木《き》を高《たか》く積《つ》んでるよ。ちゃんと私《わたし》の話《はなし》を聞《き》いてやりとげた。お母《かあ》さん、大丈夫《だいじょうぶ》。ゆっくり、子《こ》どもを育《そだ》てなさい」

と言《い》ってくれた。私《わたし》は、カウンセリングの方《かた》にお礼《れい》を言《い》って、息子《むすこ》と手《て》をつないで車《くるま》に戻《もど》った。彼《かれ》をチャイルドシートに乗《の》せて運転席《うんてんせき》に乗《の》り込《こ》み、ドアを閉《し》めたとたん、がまんしていた涙《なみだ》があふれ出《で》てきた。エンジンもかけずに後《うし》ろの息子《むすこ》

に
「ごめんね、ごめんね」

とあやまりながら大泣《おおな》きした。彼《かれ》は
「かぁか、どうした？　どうした？」

と言《い》っていたが、

「なんでもないよ」

と答《こた》えて家《いえ》へ帰《かえ》った。

それからも、あいかわらず日々《ひび》走《はし》りまわっている息子《むすこ》のことを、周《まわ》りの人《ひと》にあやまりながら追《お》いかける私《わたし》がいた。

私《わたし》の性格《せいかく》はなかなか変《か》わらない。

でも、カウンセリングを受《う》ける前《まえ》と後《あと》とでは、心《こころ》の持《も》ちようは違《ちが》っていた。やることは同《おな》じでも、中身《なかみ》は違《ちが》っていた。

それでいい。

罪悪感《ざいあくかん》と酒《さけ》とタバコ

その頃《ころ》の私《わたし》は、子《こ》ども達《たち》のことを一人《ひとり》で抱《かか》え込《こ》んでいた。疲《つか》れて、切《せつ》なくて、寂《さび》しくて、不安《ふあん》で……、この子《こ》が将来《しょうらい》自分《じぶん》のようになってしまうことへの心配《しんぱい》が恐怖《きょうふ》で、自信《じしん》のない自分《じぶん》がすごく嫌《きら》いで……。

その重《おも》みに耐《た》えられない私《わたし》は、タバコとお酒《さけ》の量《りょう》が増《ふ》えていった。ストレスからの酒《さけ》だから、悪《わる》い飲《の》み方《かた》が止《と》まらず、家《いえ》で吐《は》くまで飲《の》んでいた時《とき》もあった。どんどん悪《わる》い酒《さけ》になり、次《つぎ》の日《ひ》は罪悪感《ざいあくかん》とダメな自分《じぶん》と、二日酔《ふつかよ》いのつらさが邪魔《じゃま》して、何《なに》もかも嫌《いや》になる。死《し》にたいとまで考《かんが》えてしまう。それが夜《よる》になると始《はじ》まり、結構《けっこう》つづいてしまっていた。

日中《にっちゅう》は仕事《しごと》と家事《かじ》、子育《こそだ》てに追《お》われて気《き》も紛《まぎ》れたが、一人《ひとり》の時間《じかん》になると酒《さけ》とタバコにしがみついている自分《じぶん》になる。

古《ふる》くからの友達《ともだち》に、酒《さけ》がやめられないことや止《と》まらないこと、そして依存《いぞん》の域《いき》にきていることを相談《そうだん》したりしていた。友達《ともだち》は、

「三枝子《みえこ》はいい人《ひと》だよ。ダメな人《ひと》じゃない！　ダメと言《い》うとしたら、酒《さけ》が悪《わる》いの！」

と耳《みみ》に入《はい》ることを言《い》ってくれた。

私《わたし》は友達《ともだち》が大切《たいせつ》に思《おも》ってくれていることに、やっと気《き》づいた。

その日《ひ》から、お酒《さけ》をほしがる自分《じぶん》に厳《きび》しく向《む》き合《あ》いながら、お酒《さけ》を止《や》めていった。

タバコは換気扇《かんきせん》の下《した》で吸《す》っていた。子《こ》ども達《たち》が近《ちか》くに来《く》ると

「煙《けむ》いし、体《からだ》に悪《わる》いから、あっちに行《い》ってて」

なんて言《い》いながら吸《す》っていた。子《こ》どもが話《はなし》を聞《き》いてほしくても、私《わたし》はタバコを優先《ゆうせん》して、離《はな》れた位置《いち》で聞《き》いていた。ある日子《ひこ》どもから、

「かぁか、どうして『体《からだ》に悪《わる》いからあっちに行《い》って』って言《い》ってるのに、自分《じぶん》で体《からだ》に悪《わる》いことをやってるの？」

って言《い》われた。

私《わたし》は何十年《なんじゅうねん》と吸《す》ってきて、今《いま》子《こ》どもの言葉《ことば》で気《き》づいた。

（そんなに優先《ゆうせん》するものが、これなのか？　他《ほか》より先《さき》にすることが、タバコってどういうこと？　子《こ》どもの話《はなし》より、タバコに優先《ゆうせん》の権利《けんり》をあげている。バカなんじゃないの？　私《わたし》！）

捨《す》てばちになってタバコをやめるのではなく、心《こころ》に言《い》い聞《き》かせてやめようと

思《おも》ったら、何十年《なんじゅうねん》も吸《す》っていたことが不思議《ふしぎ》とバカバカしくなり、タバコを止《や》められた。

今思《いまおも》うと、お金《かね》と時間《じかん》がもったいなかった。

マイナスな自分《じぶん》が少《すこ》しでもプラスになった気分《きぶん》になれた。

第3章

息子《むすこ》の小《しょう》学《がく》生《せい》時《じ》代《だい》

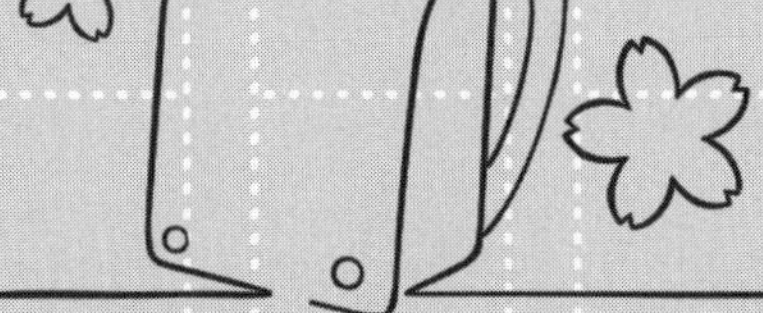

あっぱれな〇点《れいてん》

耳《みみ》の病院《びょういん》へ日々《ひび》通《かよ》い、だいぶ良《よ》くなり、息子《むすこ》の仁《じん》は可愛《かわい》い幼稚園児《ようちえんじ》になった。少《すこ》しずつ話《はなし》もするようになり、これから小学校《しょうがっこう》に入学《にゅうがく》する。

いよいよ一年生《いちねんせい》になるその就学時健診《しゅうがくじけんしん》で思《おも》い切《き》りひっかかってしまった。教育委員会《きょういくいいんかい》の人《ひと》から「幼稚園《ようちえん》では、どうか」と息子《むすこ》について問《と》い合《あ》わせがあった。と幼稚園《ようちえん》のクラスの先生《せんせい》から聞《き》いた。私《わたし》が

「息子《むすこ》は幼稚園《ようちえん》でどうですか？」

と聞《き》くと、先生《せんせい》は

「今《いま》の年長《ねんちょう》さんは、数字《すうじ》と自分《じぶん》の名前《なまえ》は書《か》けるの。数《かず》も数《かぞ》えられる。でも彼《かれ》はできない」

と言《い》った。私《わたし》は一人《ひとり》で考《かんが》えながら家《いえ》に帰《かえ》った。でも私《わたし》は、幼稚園《ようちえん》で書《か》けなくて

もいいと思《おも》っていた。(どうして、年長《ねんちょう》さんのみんなと同《おな》じでなければいけないの？　どうして、まだこれからいっぱいできることが増《ふ》えていく子《こ》を、今《いま》の時点《じてん》で決《き》めてしまうの？）と思《おも》っていた。

その後《ご》、生涯学習《しょうがいがくしゅう》センターへ行《い》き、長《なが》い時間《じかん》、テストと知能検査《ちのうけんさ》をした。結果《けっか》は、遅《おく》れはあるが、通常学級《つうじょうがっきゅう》（注一《ちゅういち》）で大丈夫《だいじょうぶ》とのことだった。

入学後《にゅうがくご》、学校《がっこう》に通級指導教室《つうきゅうしどうきょうしつ》（注二《ちゅうに》）「ことばの教室《きょうしつ》」ができた。担任《たんにん》の勧《すす》めもあり、学年《がくねん》から一人《ひとり》とび出《で》た息子《むすこ》は、普通学級《ふつうがっきゅう》に通《かよ》いながら「ことばの教室《きょうしつ》」へ通《かよ》う生徒《せいと》になった。

小学生《しょうがくせい》になった息子《むすこ》は、教科書《きょうかしょ》を読《よ》んだり、字《じ》を考《かんが》えながら書《か》いたりすることができなかった。そう、私《わたし》と息子《むすこ》は同《おな》じ、おそろいだ。私《わたし》が過《す》ごしてきた、心《こころ》がボッキボキに折《お》れる、理解《りかい》の難《むずか》しい世界《せかい》へ来《き》ちゃったよ……。私《わたし》はいいけど、我《わ》が子《こ》が理解《りかい》されずに生《い》きていくのは、とても悲《かな》しいと思《おも》った。まだ起《お》きてもいない、先《さき》のことまで想像《そうぞう》して切《せつ》なくなった。そんなことばかり考《かんが》えても子《こ》どもに良《よ》くないと、私《わたし》は考《かんが》えを変《か》えた。

息子《むすこ》がもって帰《かえ》ってくる「〇点《れいてん》テスト」は、全《すべ》てがおもしろ回答《かいとう》だった。書《か》いてない所《ところ》なんかなく（　）の中《なか》は、全《すべ》て答《こた》えで埋《う》めてある。この（　）を埋《う》めるプライド！　マンガやバラエティー番組《ばんぐみ》よりも面白《おもしろ》い。仕事《しごと》の疲《つか》れやストレスを、全《すべ》てぶっ飛《と》ばしてくれる。

「小一《しょういち》、小二《しょうに》にして男《おとこ》だね。なんてったって、男《おとこ》はプライドがなきゃ～」

私《わたし》は息子《むすこ》にこう言《い》った。

「〇《ぜろ》の前《まえ》に一《じゅう》〇の数字《すうじ》をつけて、一〇〇点《てん》。仁《じん》、これ一〇〇点《てん》。これだけ知《し》っている字《じ》を書《か》いて、これだけかぁかの疲《つか》れを取《と》ってくれたんだから、このテストは一〇〇点《てん》。花丸《はなまる》。すごく天才《てんさい》だよ」

と、娘《むすめ》と息子《むすこ》と私《わたし》は楽《たの》しい時間《じかん》を過《す》ごした。
そして、悲《かな》しいことがあったり落《お》ち込《こ》んだ時《とき》は、このテストを見《み》て癒《いや》してもらっている。

学校《がっこう》では、指導《しどう》の先生《せんせい》も彼《かれ》の大切《たいせつ》な理解者《りかいしゃ》でいてくれる。
私《わたし》の子《こ》どもの時《とき》とは大違《おおちが》いだ。
少《すこ》しずつ、世《よ》の中《なか》が変《か》わったのが有難《ありがた》い。

（注一《ちゅういち》）小《しょう》・中《ちゅう》・高《こう》には、通常学級《つうじょうがっきゅう》と特別支援学級《とくべつしえんがっきゅう》があり、教育上特別《きょういくじょうとくべつ》な支援《しえん》を必要《ひつよう》とする児童《じどう》および生徒《せいと》のために置《お》かれた学級《がっきゅう》を特別支援《とくべつしえん》学級《がっきゅう》という。

（注《ちゅう》二《に》）小《しょう》・中学校《ちゅうがっこう》の通常《つうじょう》の学級《がっきゅう》に在籍《ざいせき》している、言語障害《げんごしょうがい》、情緒障害《じょうちょしょうがい》、弱視《じゃくし》、難聴《なんちょう》などの障害《しょうがい》がある児童生徒《じどうせいと》のうち、比較的軽度《ひかくてきけいど》の障害《しょうがい》がある児童生徒《じどうせいと》に対《たい》して、各教科等《かくきょうかとう》の指導《しどう》は主《しゅ》として通常《つうじょう》の学級《がっきゅう》で行《おこな》いつつ、個々《ここ》の障害《しょうがい》の状態《じょうたい》に応《おう》じた特別《とくべつ》の指導《しどう》（「自立活動《じりつかつどう》」及《およ》び「各教科《かくきょうか》の補充指導《ほじゅうしどう》」）を特別《とくべつ》の指導《しどう》の場《ば》（通級指導教室《つうきゅうしどうきょうしつ》）で行《おこな》う教育形態《きょういくけいたい》。

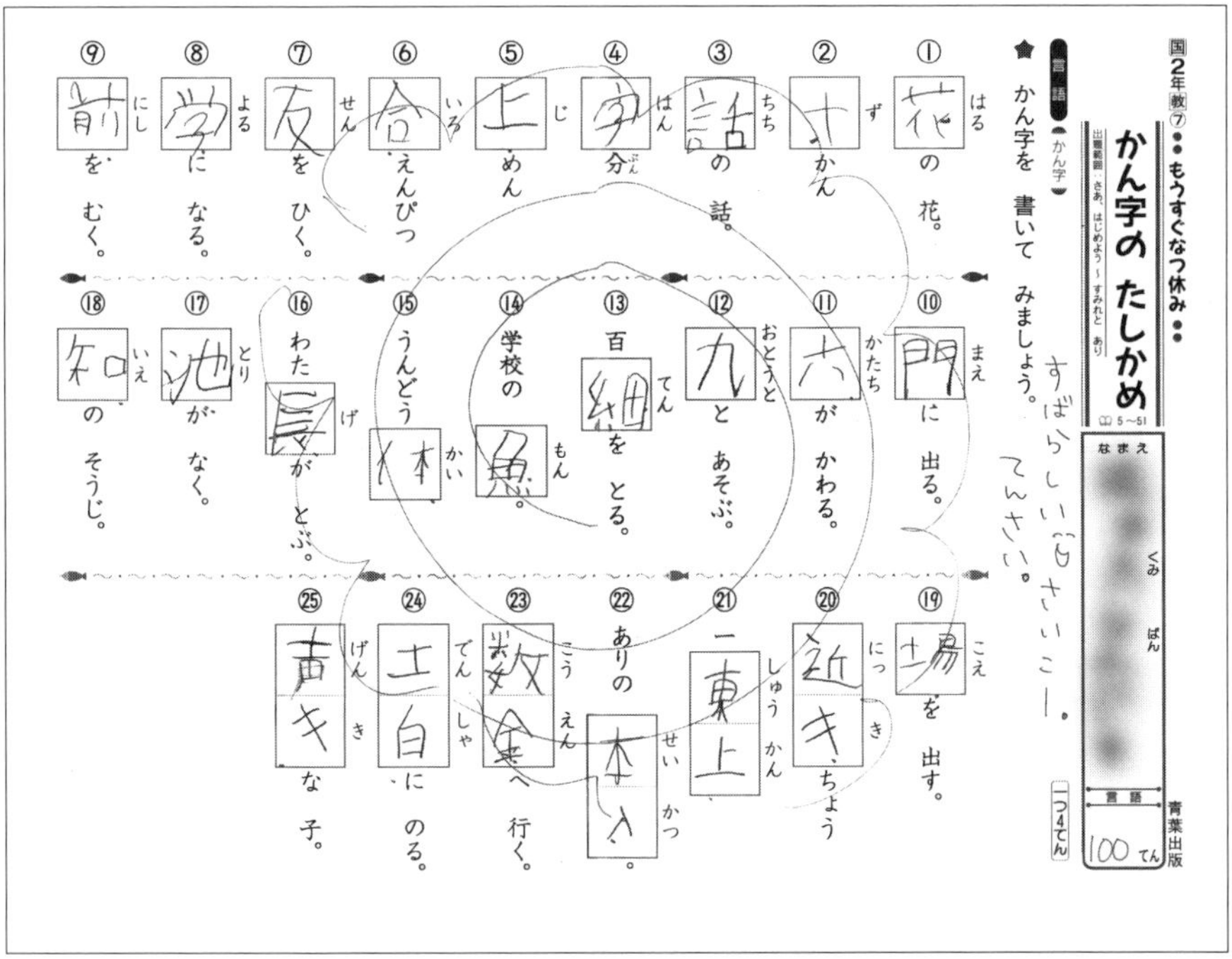

青葉出版株式会社発行『国語テスト』より

母《はは》からの「花丸《はなまる》と100点《てん》」

誕生日《たんじょうび》は母《はは》への感謝《かんしゃ》の日《ひ》

私《わたし》の誕生日《たんじょうび》は、子《こ》ども達《たち》にとって楽《たの》しみにしている日《ひ》のようだ。二人共《ふたりとも》、毎回私《まいかいわたし》へのプレゼントを何《なに》にしようか考《かんが》えてくれている。母親冥利《ははおやみょうり》に尽《つ》きる。

私《わたし》は毎年《まいとし》、自分《じぶん》の誕生日《たんじょうび》には母親《ははおや》に電話《でんわ》をする。十二月《じゅうにがつ》の終《お》わりに生《う》まれた私《わたし》は、「お母《かあ》さん、おかげ様《さま》で私《わたし》○○才《さい》になったよ。いそがしい時《とき》に大変《たいへん》だったね、ありがとう」と、似《に》たような台詞《せりふ》を毎年言《まいとしい》っている。私《わたし》が、子《こ》どもを産《う》んでから始《はじ》まった恒例《こうれい》の行事《ぎょうじ》だ。

それを二人《ふたり》は見《み》ているか見《み》ていないか知《し》らないが、息子《むすこ》が二年生《にねんせい》の彼《かれ》の誕生日《たんじょうび》に、私《わたし》に九十八円《きゅうじゅうはちえん》のポットに入《はい》ったお花《はな》を、買《か》ってきてくれると言《い》い出《だ》した。

「なんで？」

と聞《き》いてみると、

「かぁかが、仁《じん》を産《う》んだ日《ひ》だから」

と言《い》ってくれた。きっと姉《あね》に教《おそ》わったんでしょう。口《くち》に出《だ》すのは息子《むすこ》だけど、一番先《いちばんさき》に行動《こうどう》の考《かんが》えを作《つく》り出《だ》すのは、娘《むすめ》だと私《わたし》は思《おも》っている。

だから私《わたし》は、二人《ふたり》ともたくましい太《ふと》ももに座《すわ》らせてギュッとする。

頭《あたま》を誰《だれ》かとかわりたい

ある日《ひ》のこと、私《わたし》がキッチンに立《た》っている後《うし》ろで足《あし》をバタバタさせて大泣《おおな》きしている息子《むすこ》がいた。

私《わたし》は調理《ちょうり》をしていて前《まえ》を向《む》いているが、完全《かんぜん》に後《うし》ろに耳《みみ》と目《め》がある。黙《だま》って彼《かれ》が言《い》っていることを聞《き》いてみると、こんなことを言《い》っていた。

「仁君《じんくん》なんかいない方《ほう》がいい！　頭《あたま》が、バカだからヤダ！　頭《あたま》を誰《だれ》かとかわりたい。役《やく》にたたない」

と、大泣《おおな》きしている。私《わたし》は仕事《しごと》から帰《かえ》ってきて、急《いそ》いで買《か》い物《もの》に行《い》き、そして夕飯《ゆうはん》の支度《したく》をしている中《なか》、正直疲《しょうじきつか》れている。後《うし》ろでは、苦《くる》しい気持《きも》ちをぶつけている息子《むすこ》がいる。どこにもぶつけようがないこのイライラ感《かん》、あせり、痛《いた》いほど気持《きも》ちが分《わ》かる。（あれ、この子《こ》、私《わたし》にぶつけてくれている。もがいて苦《くる》しんでいることを、教《おし》えてくれてるじゃん）。私《わたし》は可愛《かわい》く思《おも》う。嬉《うれ》しく思《おも》う。調理《ちょうり》なんかほっぽり出《だ》して、私《わたし》は娘《むすめ》と息子《むすこ》を私《わたし》の前《まえ》にちょこんと座《すわ》らせる。そして、良《い》いか悪《わる》いか分《わ》からないが二人《ふたり》に伝《つた》える。

「二人《ふたり》がいないと私《わたし》が困《こま》るし、絶対嫌《ぜったいいや》だ。バカで何《なに》が悪《わる》い。誰《だれ》にも迷惑《めいわく》をかけてない。自分《じぶん》で、無理《むり》やり役《やく》にたとうと思《おも》わないでいい」

と伝《つた》えた。そして、

「二年生《にねんせい》なのにこんなことを考《かんが》えられるのがすごい。立派《りっぱ》だ」と伝《つた》えた。

子《こ》どもとのこんなやりとりは、すごく疲《つか》れて大変《たいへん》。楽《たの》しい時《とき》と嬉《うれ》しい時《とき》、うまくいかない時《とき》や苦《くる》しい時《とき》と波《なみ》がある。繰《く》り返《かえ》し、しかも毎回《まいかい》ぶっつけだ。用意《ようい》されてもなければ、考《かんが》えもその時《とき》の状況《じょうきょう》で変《か》わってくる。だけど、だけど、悲《かな》しいけど、面白《おもしろ》い。

二分《にぶん》の一成人式《いちせいじんしき》

ある日《ひ》、娘《むすめ》の理奈《りな》のクラスでプリントが配《くば》られた。

「授業参観《じゅぎょうさんかん》で、二分《にぶん》の一成人式《いちせいじんしき》（十歳《じゅっさい》になった節目《ふしめ》に親《おや》から子《こ》どもに手紙《てがみ》を書《か》く学校行事《がっこうぎょうじ》の一《ひと》つ）を行《おこな》いますので、ぜひ来《き》てもらえると子《こ》ども達《たち》が喜《よろこ》びます。そしてお願《ねが》いがあります。これからの子《こ》ども達《たち》の励《はげ》みや自信《じしん》につながるので、お手《て》紙《がみ》を書《か》いてください」の手紙《てがみ》と便箋四枚《びんせんよんまい》が入《はい》っていた。

「四枚《よんまい》かーいっぱいだよなー」

と思《おも》う反面《はんめん》、私《わたし》は子《こ》どもに伝《つた》えることは大好《だいす》きだ。携帯電話《けいたいでんわ》を片手《かたて》に持《も》ちながら、時間《じかん》は四《し》、五時間《ごじかん》かかってしまうけど、子《こ》どもが生《う》まれてから、こういったものを書《か》くのは好《す》きだ。

私《わたし》は、娘《むすめ》にこんな手紙《てがみ》を書《か》いてみた。

【十才《じゅっさい》の理奈《りな》へ】

理奈《りな》が、かぁかの子《こ》どもとして生《う》まれてきた時《とき》に、手紙《てがみ》を書《か》いたことがあります。生《う》まれたばかりで目《め》もまだ見《み》えず、そんなちっちゃな理奈《りな》に、「元気《げんき》で笑顔《えがお》であればそれだけでいい。少《すこ》し母《はは》として欲《よく》を言《い》えば、優《やさ》しく可愛《かわい》い女《おんな》の子《こ》になってほしい。人《ひと》の痛《いた》みが分《わ》かり、思《おも》いやりをもって生《い》きてほしい」と手紙《てがみ》を書《か》いたことを思《おも》い出《だ》します。それから、一日一日《いちにちいちにち》大切《たいせつ》にちっちゃな理奈《りな》と楽《たの》しくすごす毎日《まいにち》、理奈《りな》は優《やさ》しく、可愛《かわい》い女《おんな》の子《こ》になってくれています。一番先《いちばんさき》に、かぁかに優《やさ》しくしてくれるのは理奈《りな》です、かぁかの方《ほう》が先《さき》にしてあげなければいけないのに、理奈《りな》が気《き》づかいをしてくれてお米《こめ》をといでくれたり、部屋《へや》の掃除《そうじ》をしてくれたり、洗濯物《せんたくもの》をたたんでくれたり、どれだけかぁかは理奈《りな》に助《たす》けてもらっているか、数《かぞ》えきれません。いつもありがとう。かぁかもお母《かあ》さんになって、理奈《りな》と同《おな》じくまだ十歳《じゅっさい》なので、色々《いろいろ》お互《たが》い助《たす》けあって、毎日仲《まいにちなか》よくすごそうね。二人《ふたり》で成長《せいちょう》していきましょう。理奈《りな》の好《す》きなところ。かぁかの前《まえ》で見《み》せる笑《わら》う顔《かお》、声《こえ》。とても仕事《しごと》でつかれていても、ふっとんでしまうくらい、いやされます。かぁかが具合悪《ぐあいわる》い時《とき》や心配事《しんぱいごと》がある時《とき》に、だまってずっとそばにいるところ。笑《わら》うところが一緒《いっしょ》なところ。たまにイライラしているところ。ダンスの練習《れんしゅう》をしているところ。「学校《がっこう》の質問《しつもん》をして！」って言《い》うトコ。仁《じん》と理奈《りな》がふざけて大爆笑《だいばくしょう》しているところ。すこし大《おお》きい女《おんな》の子《こ》みたいに、背《せ》のびをしているところ。学校《がっこう》から帰《かえ》って来《き》たばかりの赤《あか》いほっぺ。いたずらするところ。おこられても泣《な》かないのに、いじけて泣《な》いちゃうところ。一生懸命生《いっしょうけんめいい》きてるところ。可愛《かわい》くて大好《だいす》きです。

たりないところばっかかなかぁかだけど、助《たす》けあって、優《やさ》しくしあって、大《だい》爆笑《ばくしょう》しながら、これからも毎日《まいにち》すごしていこうね。今《いま》のままで十分《じゅうぶん》です。

四枚目《よんまいめ》の便箋《びんせん》には絵《え》を描《か》いた。娘《むすめ》の笑《わら》ってる顔《かお》、泣《な》いてる顔《かお》、自慢気《じまんげ》な顔《かお》を描《か》いた。

ＬＤのお母《かあ》さんとは思《おも》えないくらい気《き》をつかい、綺麗《きれい》な字《じ》を書《か》き、何度《なんど》もまちがいがないか確認《かくにん》しながら封筒《ふうとう》にしまった。そして、二分《にぶん》の一成人式《いちせいじんしき》で、手紙《てがみ》が配《くば》られた。彼女《かのじょ》は文《ぶん》を読《よ》まずに、すぐさま四枚目《よんまいめ》の絵《え》を見《み》ていた。そして、ニヤけている。その絵《え》を見《み》た周《まわ》りのお友達《ともだち》から

「理奈《りな》ちゃんのお母《かあ》さんが描《か》いた絵《え》、可愛《かわい》い」

と言《い》われ、娘《むすめ》はその絵《え》を少《すこ》し横《よこ》にずらしながら、みんなに見《み》えるようにしている。私《わたし》は、すごく嬉《うれ》しかった。いつも助《たす》けてもらっている娘《むすめ》が友達《ともだち》にほめてもらっている。あんまりうまくはない絵《え》を描《か》いてあげられたことがすごく嬉《うれ》しかった。今《いま》でも、彼女《かのじょ》は机《つくえ》の中《なか》にそれを入《い》れてくれている。

そして、息子《むすこ》の二分《にぶん》の一成人式《いちせいじんしき》のプリントが来《き》た。便箋《びんせん》は二枚《にまい》だけだった。私《わたし》は

【かっこいいやさしい心《こころ》の強《つよ》い男《おとこ》になってください。なんでも、絶対感謝《ぜったいかんしゃ》を忘《わす》れないで。仁《じん》の生《い》きる道《みち》を楽《たの》しんでね。女《おんな》の子《こ》にやさしく、元気《げんき》が一番《いちばん》！】

と書《か》いた。そして、もう一枚《いちまい》は彼《かれ》が好《す》きなマンガのシーンの絵《え》を描《か》いた。クラスで手紙《てがみ》を開《ひら》いた息子《むすこ》は、姉《あね》と同《おな》じように文《ぶん》の手紙《てがみ》ではなく絵《え》をすぐ一番上《いちばんうえ》にして見《み》ていた。そしてニヤけている。周《まわ》りの友達《ともだち》が

「おーすげー仁《じん》のお母《かあ》さん、絵《え》がうまい」

って言《い》いながら見《み》に来《き》た。姉《あね》のように、横《よこ》に絵《え》をずらして見《み》せているようだ。姉弟《きょうだい》そっくりだ。この二人《ふたり》の血《ち》は争《あらそ》えないね。

子《こ》ども達《たち》がお母《かあ》さん方《がた》に感謝《かんしゃ》の言葉《ことば》を発表《はっぴょう》している。息子《むすこ》は、こんなことを言《い》ってくれた。

「いつも、支《ささ》えてくれてありがとうございます。二才《にさい》の時耳《ときみみ》を悪《わる》くして、五才《ごさい》の

時《とき》、へんとうせんをとる入院《にゅういん》をして、お世話《せわ》をかけました。そして、これからも僕《ぼく》を支《ささ》えてください」

と言《い》っていた。

あの時《とき》の顔《かお》は今《いま》でも思《おも》いだせる。楽《たの》しい。この子《こ》おじさんみたい。どこで「支《ささ》えてください」って言葉《ことば》を覚《おぼ》えてきたんだろう。すごく面白《おもしろ》い。でも嬉《うれ》しい。

息子《むすこ》は、悪《わる》いことも覚《おぼ》えたり、良《い》いことも覚《おぼ》えたり、傷《きず》つくことも覚《おぼ》えたりしながらガキンチョ時代《じだい》を楽《たの》しんでいる。

[redacted]へ。
[redacted]!!いつも、かあさんにやさしくしてくれてありがとう、
買《か》い物《もの》の荷物《にもつ》をもってくれたり、お米《こめ》をといでくれたり
たくさんのお手伝《てつだ》いありがとうございます。
すごくうれしく、たすけられてます。女の子には、やさしくね

[redacted]は、勉強《べんきょう》に、自信《じしん》がなかったりしてるけど、自分《じぶん》にできる
事《こと》は、ゆっくりがんばろうね。
ダンスは、自分に自信をもって、信《しん》じて、努力《どりょく》をして
がんばって下さい。好きな事《こと》ほどがんばれ。

かっこいい、やさしい、心《こころ》の強《つよ》い男になって下さい。
何んでも、絶対《ぜったい》、感謝《かんしゃ》を忘《わす》れないで[redacted]の生《い》きる道《みち》を
楽《たの》しんでね。
元気《げんき》が一番《いちばん》

かあか

仁《じん》へ「自分《じぶん》を信《しん》じて、元気《げんき》が１番《ばん》」

授業参観《じゅぎょうさんかん》と保護者会《ほごしゃかい》

学校行事《がっこうぎょうじ》は行《い》ける限《かぎ》り参加《さんか》した。

私《わたし》にとって、授業参観《じゅぎょうさんかん》はとてつもないドキドキの時間《じかん》になる。クラスの廊下《ろうか》には、子《こ》ども達《たち》が書《か》いた作品《さくひん》がある。息子《むすこ》は絵《え》がうまいからいいが、作文《さくぶん》や感想文《かんそうぶん》になるとできていない。目立《めだ》つ……できないだんとつ一位《いちい》だ。

それを見《み》て、(他《ほか》のお母《かあ》さん達《たち》はこれを見《み》て、自分《じぶん》の子《こ》どもと比《くら》べているのか?)、と人《ひと》の目《め》を気《き》にする弱《よわ》い私《わたし》が出《で》てくる。私《わたし》は息子《むすこ》が一生懸命《いっしょうけんめい》書《か》いた物《もの》を、そんなくだらない思《おも》いで観《み》ている。

教室《きょうしつ》に入《はい》ると、班《はん》の発表《はっぴょう》が始《はじ》まっている。

息子《むすこ》はまとめてある発表《はっぴょう》の紙《かみ》を見《み》ているが、読《よ》むのに時間《じかん》がかかり、隣《となり》の席《せき》の友達《ともだち》に、

「早《はや》くしろ。早《はや》くしなよ。三《さん》、二《に》、一《いち》、ゼロ、はい。時間切《じかんぎ》れ」

とカウントをされていた。

私《わたし》はその様子《ようす》を見《み》て、どれだけ彼《かれ》がいたたまれない気持《きも》ちでいるかが痛《いた》いほど分《わ》かる。

周《まわ》りを見渡《みわた》してみる。お母《かあ》さん達《たち》の（家《うち》の子《こ》は読《よ》めるわ）という安心《あんしん》な顔《かお》に、どうしても見《み》えてしまう。注目《ちゅうもく》の的《まと》のような気《き》がしてしまう。私《わたし》は息子《むすこ》の隣《となり》へ行《い》き、

「最後《さいご》の文章《ぶんしょう》の『良《よ》かったです。以上《いじょう》です』でいいんだよ」

と言《い》って、頭《あたま》を撫《な》でながら、

「私《わたし》に似《に》てできが悪《わる》くてぇ〜」

と笑《わら》いながら、お母《かあ》さん達《たち》にアピールをする。ふざけてないと注目《ちゅうもく》の的《まと》をやってられないからだ。すごく置《お》いてきぼりな気持《きも》ちになる。孤独感《こどくかん》に似《に》た気持《きも》ちに

なっている。

子《こ》どもの頃《ころ》から恥《はじ》をかいてきた私《わたし》は、ガラスのハートとよく言《い》うが、それ以《い》上《じょう》にタチの悪《わる》い飴細工《あめざいく》なみのハートだ。バリバリ割《わ》れまくる弱《よわ》い人間《にんげん》の私《わたし》がいる。その反面《はんめん》（同《おな》じじゃないのが何故《なぜ》、悪《わる》い！）と、悪《わる》いと言《い》われてもないのに、意気込《いきご》んでいる私《わたし》もいる。その私《わたし》の中《なか》の二人《ふたり》が、出《で》て来《き》てはどちらかを失《な》くしてくれる。

こんなこともあった。

保護者会《ほごしゃかい》に出《で》た時《とき》に担任《たんにん》の先生《せんせい》から、保護者会《ほごしゃかい》に出《で》たお母《かあ》さんに、少《すこ》し息子《むすこ》のことを話《はな》してほしいようなことを言《い》われた。保護者会《ほごしゃかい》が始《はじ》まり、先生《せんせい》が、

「二年生《にねんせい》の最後《さいご》の保護者会《ほごしゃかい》です。子《こ》どもの成長《せいちょう》と日頃《ひごろ》のことを一言《ひとことおし》教えてください。端《はし》の方《かた》からどうぞ」

と言《い》うと、端《はし》のお母《かあ》さんから話《はな》しだした。

「宿題《しゅくだい》を、うるさく言《い》わないとやりません」「最近《さいきん》、生意気《なまいき》になり言《い》い返《かえ》してきたりするようになってきました」「この頃《ごろ》は、お手伝《てつだ》いしてくれるようになりました」「字《じ》を書《か》くのが雑《ざつ》になってきました。でも、友達《ともだち》もできて楽《たの》しく過《す》ごしています」。

その他《ほか》に色々《いろいろ》な感想《かんそう》があり、私《わたし》の番《ばん》が来《き》た。

「うちの子《こ》は勉強《べんきょう》が遅《おく》れていて、みなさんと同《おな》じような悩《なや》みまでとどきません。一人《ひとり》だけクラスからぬけて、ことばの教室《きょうしつ》（通級指導教室《つうきゅうしどうきょうしつ》）でお世話《せわ》になっています。そんな息子《むすこ》が可愛《かわい》くてしかたありません。姉《あね》がいるので、どうしてもくらべてしまう時《とき》もありましたが、お姉《ねえ》ちゃんにとって私《わたし》は四年生《よねんせい》のお母《かあ》さんで、息子《むすこ》にとってはまだ二年生《にねんせい》のお母《かあ》さんなんです。違《ちが》ってあたり前《まえ》なんです。比《くら》べる必要《ひつよう》も意味《いみ》もなくて、元気《げんき》で学校《がっこう》に通《かよ》ってくれれば、それだけで私《わたし》は嬉《うれ》しいんです。子《こ》どもと成長《せいちょう》していきたいと思《おも》います。二年間《にねんかん》お世話《せわ》になりました」

と言《い》って終《お》わらせた。

すると次《つぎ》のお母《かあ》さんが、

「『仁君《じんくん》ってダンスが上手《じょうず》なんだよ』って、子《こ》どもが教《おし》えてくれましたよ」

次《つぎ》のお母《かあ》さんは、

「この間《あいだ》、バンソウコーをもらったのよ！」

と教《おし》えくれた。ばれることで、私《わたし》の知《し》らない友達《ともだち》に接《せっ》している仁《じん》を知《し》れた。ばれるって、結構《けっこう》お得《とく》！ そんなことを考《かんが》えながら、一人《ひとり》で家《いえ》まで帰《かえ》った。

息子《むすこ》は息子《むすこ》なりに、嫌《いや》な経験《けいけん》をしてきていると思《おも》う。私《わたし》が知《し》っている限《かぎ》りでも、胸《むね》が締《し》め付《つ》けられるようなこともあった。そのマイナスな出来事《できごと》は胸《むね》にしまって、良《い》いことだけ大切《たいせつ》にしたい。

子《こ》どもが二人《ふたり》しかいない私《わたし》が偉《えら》そうなことは言《い》えないが、少《すこ》し学《まな》んだことがある。

それは、性格《せいかく》や仕草《しぐさ》、顔《かお》、体《からだ》つきが似《に》ていると「パパに似《に》ている」「ママに似《に》ている」と楽《たの》しむが、悪《わる》い所《ところ》と思《おも》ったことは、どちらかのせいにするところがあるような気《き》がする。そんなの悪《わる》い所《ところ》も、似《に》てあたり前《まえ》だ。どうして、受《う》け入《い》れられることと受《う》け入《い》れられないことがあるのか？　子《こ》どもにしたら失礼《しつれい》な話《はなし》だ。親《おや》の自分《じぶん》もたいした者《もの》でもない。悪《わる》い所《ところ》をどちらかのせいにしている「暇《ひま》」があるなら、治《なお》る悪《わる》い所《ところ》は直《なお》す努力《どりょく》をしよう。

「私《わたし》が、変《か》える！」なんて、がんばらなくてもいい。ただ、今《いま》の子《こ》どものことを知《し》ってあげれば大丈夫《だいじょうぶ》じゃないかなぁ～？　って、私《わたし》はしっかり考《かんが》えながら、軽《かる》く考《かんが》えている。相変《あいか》わらず、息子《むすこ》が家《いえ》でも字《じ》を覚《おぼ》えるようにと、家中《いえじゅう》に付箋《ふせん》を貼《は》り「どあ」「といれ」「でんき」「てれび」と書《か》いて貼《は》っていたが、息子《むすこ》にはあまり響《ひび》いていなかった。

どうしても治《なお》らない障害《しょうがい》は、子《こ》どもが生《い》きやすいように味方《みかた》になってあげよう。

子《こ》どもの人生《じんせい》、そんな小《ちい》さなことで大《おお》きく変《か》わる。

資格《しかく》への挑戦《ちょうせん》

私《わたし》は七年間《しちねんかん》お世話《せわ》になった仕事《しごと》を辞《や》めた。

でも仕事《しごと》はしないといけないので（またあの面倒《めんどう》な面接《めんせつ》がくるのか、一行《いちぎょう》の学歴《がくれき》を見《み》せないといけないのか……嘘《うそ》をついて、高卒《こうそつ》にしてしまえば分《わ》からないんじゃない）とか色々考《いろいろかんが》えたが、嘘《うそ》が下手《へた》な私《わたし》はやはり一行《いちぎょう》の学歴《がくれき》を見《み》せた。

結果《けっか》は、一行《いちぎょう》のせいではないが六回中全《ろっかいちゅうすべ》てお断《ことわ》りだった。

「そうだ、学歴《がくれき》がないなら、資格《しかく》をとってしまおう。そして、絶対《ぜったい》お断《ことわ》りのない職場《しょくば》へ行《い》こう」

と思《おも》った。そして、誰《だれ》もが取《と》れるといわれているヘルパー二級《にきゅう》に挑戦《ちょうせん》してみた。分厚《ぶあつ》い教科書《きょうかしょ》に気《き》が遠《とお》くなる。（なにが誰《だれ》でも取《と》れる資格《しかく》だよ！）とイライラするほどつらい。私《わたし》は読《よ》んだ所《ところ》から、また同《おな》じ所《ところ》に戻《もど》ってしまう。先《さき》へ進《すす》めない。自宅《じたく》での勉強《べんきょう》は、文章《ぶんしょう》を読《よ》んだ所《ところ》は下敷《したじ》きで隠《かく》し、戻《もど》らないように工夫《くふう》をした。そんな工夫《くふう》もしながら、子育《こそだ》てと家事《かじ》をしながら、八時間《はちじかん》ぶっとおしで教科書《きょうかしょ》を読《よ》んだ。理解《りかい》ができない時《とき》は、十二時間《じゅうにじかん》かかった時《とき》もあった。それを見《み》ている子《こ》ども達《たち》は、

「こんなかぁか、はじめて見《み》る。すごいね。天才《てんさい》かも」

と励《はげ》ましてくれた。私《わたし》の勉強量《べんきょうりょう》は、きっと賢《かしこ》い人《ひと》がやったら先生《せんせい》とよばれる人《ひと》になれるかなぁとさえ思《おも》えた。

なにしろ難《むずか》しい漢字《かんじ》に読《よ》み仮名《がな》が書《か》いてないのがすごく大変《たいへん》で、字《じ》が読《よ》めないから携帯電話《けいたいでんわ》で検索《けんさく》することもできない。そんな時《とき》、都合《つごう》の良《い》いことを見《み》つけた。雰囲気《ふんいき》で読《よ》むということ。もっと良《い》い手《て》は、娘《むすめ》に「この字《じ》、なんて、読《よ》むの？」と、教《おし》えてもらう。そう私《わたし》は、娘《むすめ》にすっかり超《こ》されている。なんて頼《たの》もしい娘《むすめ》なんだろう。

「勉強教《べんきょうおし》えてあげられなくてごめんね、かぁかが教《おそ》わってるね。こんな、逆《ぎゃく》パターンがあっても、いいじゃん」

と笑《わら》って彼女《かのじょ》に甘《あま》える。

私《わたし》は子《こ》ども達《たち》に手《て》伝《つだ》ってもらい、ヘルパーの資格《しかく》をもらえた。運転免許《うんてんめんきょ》の時《とき》は、家族《かぞく》や兄弟《きょうだい》に助《たす》けてもらった。私《わたし》は恵《めぐ》まれている。色々嫌《いろいろいや》なこともあったが子《こ》どもに恵《めぐ》まれ、家族《かぞく》に恵《めぐ》まれたので私《わたし》の三十八年間《さんじゅうはちねんかん》はプラスマイナスなしだ。

第4章

学《がく》習《しゅう》障《しょう》害《がい》の告《こく》知《ち》

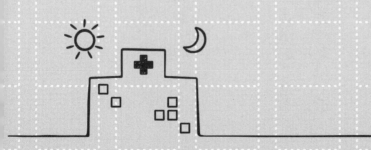

学習障害理解者《がくしゅうしょうがいりかいしゃ》との出会《であ》い

息子《むすこ》は五年生《ごねんせい》になり、通級指導教室《つうきゅうしどうきょうしつ》の先生《せんせい》が変《か》わった。この先生《せんせい》が、ＬＤという障害《しょうがい》が世《よ》の中《なか》にあることを私《わたし》に教《おし》えてくれた。先生《せんせい》からその特徴《とくちょう》を教《おし》えてもらった時《とき》に、

「私《わたし》が何十年《なんじゅうねん》と不便《ふべん》だったものが、これなんだ」

と思《おも》い、心《こころ》がすごく軽《かる》くなった。知《し》らないまま過《す》ごしていたら、自分《じぶん》のことも息子《むすこ》のことも分《わ》からずそのままだった。この恵《めぐ》まれた出会《であ》いに感謝《かんしゃ》だ。私《わたし》は、改《あらた》めて息子《むすこ》にこう言《い》った、

「お前《まえ》は、かぁかとおそろい。読《よ》み書《か》きが苦手《にがて》なのはＬＤなのかも。先生《せんせい》は『ドクターじゃないから、断定《だんてい》はできないけど、検査結果《けんさけっか》を見《み》ているとＬＤよりかなぁ』って教《おし》えてくれたの。かぁかも、子《こ》どもの時《とき》から今《いま》もそうなの、分《わ》かる?」

と彼《かれ》に言《い》うと、

「かぁかと一緒《いっしょ》かぁ～嬉《うれ》しい」

と、抱《だ》きついてきた。もう可愛《かわい》くて、読《よ》み書《か》きなどできなくても、生《い》きてるだけで最高《さいこう》！

この娘《むすめ》と息子《むすこ》の母《はは》で良《よ》かったと、心《こころ》から思《おも》った。親《おや》とか子《こ》どもとか取《と》っ払《ぱら》い、一緒《いっしょ》に成長《せいちょう》していきたいと思《おも》った。通級指導教室《つうきゅうしどうきょうしつ》の先生《せんせい》とも、学期《がっき》ごとに面談《めんだん》をしている。励《はげ》まされたり、息子《むすこ》の今《いま》のこと、これからのことのアドバイスを教《おし》えてもらったりしている。大切《たいせつ》な私《わたし》の理解者《りかいしゃ》であり、息子《むすこ》の理解者《りかいしゃ》。ある時《とき》、私《わたし》は先生《せんせい》にこんなことを言《い》ってみた。

「先生《せんせい》はすごく勉強《べんきょう》をして、そんな人達《ひとたち》を理解《りかい》しようと日々《ひび》、努力《どりょく》してるんですよね。私《わたし》は勉強《べんきょう》しなくても、この大変《たいへん》さをどうしたらやりやすくできるかってことを知《し》ってるの。だから、先生《せんせい》よりすごいかも」

って笑《わら》いながら言《い》うと、先生《せんせい》は

「お母《かあ》さん、すごいですよ！　私達《わたしたち》はどんなに勉強《べんきょう》しても、気持《きも》ちは分《わ》かってあげられないんだもん」

と言《い》ってくれて、私《わたし》をずにのらせてくれる。大人《おとな》になってもほめられると嬉《うれ》しい。特《とく》に私《わたし》の人生《じんせい》、先生《せんせい》からほめられた試《ため》しがない。とても新鮮《しんせん》だ。ほめて伸《の》ばすのがとても上手《じょうず》な先生《せんせい》だ。先生《せんせい》との会話《かいわ》が楽《たの》しいと思《おも》えたのも、指導《しどう》の先生《せんせい》二人《ふたり》のおかげだ。私《わたし》の中《なか》の大嫌《だいきら》いな先生《せんせい》のイメージを少《すこ》しずつ壊《こわ》してくれているのが、とても嬉《うれ》しい。今《いま》となっては、嫌《きら》いになった先生《せんせい》も、理解《りかい》ができなかっただけの簡単《かんたん》な話《はなし》。理解《りかい》をしていたら、きっと違《ちが》う出来事《できごと》になっていただろう。

そんなことを悔《くや》しがっている暇《ひま》もないし、どうでもいい。

今私《いまわたし》が一番《いちばん》やりたいことは、ＬＤを広《ひろ》めたいこと、知《し》ってもらうことが本題《ほんだい》だ。

このあいだ、私《わたし》は講演会《こうえんかい》に参加《さんか》した。

講師《こうし》の先生《せんせい》には、知的《ちてき》に問題《もんだい》ありの息子《むすこ》さんがいて、頑張《がんば》ってNPO団体《だんたい》を立《た》ち上《あ》げ、すごく「りっぱ」な前向《まえむ》きのお母《かあ》さんだった。私《わたし》と息子《むすこ》の障害《しょうがい》とは違《ちが》っていたが、そのお母《かあ》さんは、一生懸命《いっしょうけんめい》お金《かね》と時間《じかん》をかけて勉強《べんきょう》したんだよね。(大変《たいへん》だよね、私《わたし》は無料《むりょう》です)と、心《こころ》の中《なか》でまたいたずら心《ごころ》のような、ニヤけた部分《ぶぶん》が出《で》て来《き》た。(私《わたし》って性格悪《せいかくわる》い? このぐらいのLDメリットあってもいいじゃない)と心《こころ》で独《ひと》り言《ごと》を楽《たの》しんでいた。質問《しつもん》タイムに講師《こうし》の先生《せんせい》は、講演会《こうえんかい》に来《き》た母達《ははたち》に丁寧《ていねい》にアドバイスをくれていた。その中《なか》の質問《しつもん》に「我《わ》が子《こ》に、いつ告《こく》知《ち》をするか?」という難問《なんもん》が出《で》ていた。

「告知《こくち》をするにはいつがいいですか?」「何年生《なんねんせい》くらいですか?」「どんなタイミングがいいでしょうか?」

先生《せんせい》のアドバイスは、

「ドクターから診断《しんだん》を受《う》けてから、告知《こくち》をするのがいいのかもしれませんね」

ということだった。（みんな大変《たいへん》だなぁ、告知《こくち》なんて大《おお》きな問題《もんだい》を抱《かか》えて）

と、私《わたし》は他人事《たにんごと》のように感《かん》じている。

とりあえず、うちはまだドクターの診断《しんだん》を受《う》けていないが、告知《こくち》はばっちりだ。息子《むすこ》は息子《むすこ》なりに嫌《いや》な思《おも》いもしてきて、少《すこ》しの強《つよ》さも持《も》っていて、なんせ私《わたし》が彼《かれ》に「親子《おやこ》でおそろい」ということを伝《つた》えている。ＬＤに関《かん》しては告知《こくち》もへったくれもない。自分《じぶん》で不便《ふべん》でおかしいと思《おも》っている。知的《ちてき》に問題《もんだい》がない限《かぎ》りその障害《しょうがい》を聞《き》いた時《とき》に、すごく楽《らく》になり納得《なっとく》できるからだ。

その子《こ》その人《ひと》で違《ちが》うかもしれないが、いつも側《そば》にいて、その子《こ》を見《み》ているお母《かあ》さんがどっしり構《かま》えて、障害《しょうがい》のつらさを知《し》ることが告知《こくち》という難《むずか》しさをクリアできることなのかもしれない。他《ほか》の優《すぐ》れていることを代《か》わりに出《だ》せばいい。

子《こ》ども大人《おとな》も可能性《かのうせい》の塊《かたまり》

子《こ》どもは一人一人《ひとりひとり》可能性《かのうせい》の塊《かたまり》だよ、って思《おも》うでしょ？ でも、大人《おとな》も可能性《かのうせい》の塊《かたまり》なの。子《こ》どもと一緒《いっしょ》に、一日一日《いちにちいちにち》進化《しんか》している。子《こ》どもだけが対象《たいしょう》ではないの。なぜなら、このとんでもなくできの悪《わる》いバカな私《わたし》が子《こ》どもを産《う》んで、人《ひと》と出会《であ》い、進化《しんか》していって、その進化《しんか》は死《し》ぬまで終《お》わらないと思《おも》う。だって戦《たたか》っているのは、そこの誰《だれ》でもなく自分《じぶん》と戦《たたか》えば、進化《しんか》はすぐできると思《おも》う。人《ひと》と比《くら》べたり羨《うらや》ましがったりして、周《まわ》りを見《み》ている時間《じかん》はない。それをやるなら、過去《かこ》の自分《じぶん》と今《いま》の自分《じぶん》を比《くら》べる方《ほう》がよほどいい。

それが進化《しんか》のはじまり。

ある時《とき》、三人《さんにん》で車《くるま》に乗《の》っていると、息子《むすこ》が急《きゅう》に

「かぁか、自分《じぶん》、勉強《べんきょう》、まったく分《わ》かってない」

と言《い》い出《だ》した。そんなこと、私《わたし》は知《し》っている。息子《むすこ》にこんなことを言《い》ってみた。

「そっかぁ、分《わ》からないってきついよね。あせるし、分《わ》かったふりするのつらいよね。かぁかが仁《じん》と同《おな》い年《どし》の時《とき》と比《くら》べると、だんぜん仁《じん》の方《ほう》が、頭《あたま》いいよ。どんどん勉強《べんきょう》は難《むずか》しくなる。分《わ》からなくてあたり前《まえ》じゃん。五年生《ごねんせい》で、二年生《にねんせい》の勉強《べんきょう》してさぁ、六年生《ろくねんせい》で二年生《にねんせい》をかんぺきにしてさぁ、中一《ちゅういち》で三年《さんねん》の勉強《べんきょう》してさぁ。ゆっくりしていけばいいんじゃないの？　そうやっていけば、てきとうにおいつくよ！　悩《なや》まないで、今《いま》できることをやろうぜ！」

と言《い》ってみた。彼《かれ》は

「うん」

と言《い》うしかない。二人《ふたり》してＬＤだから勉強面《べんきょうめん》では単純《たんじゅん》だ。そんな同士《どうし》の彼《かれ》も、来年中学校《らいねんちゅうがっこう》だ。

中学校《ちゅうがっこう》でも、先生方《せんせいがた》にＬＤということを理解《りかい》してほしいし、誤解《ごかい》を少《すこ》しでも減《へ》らし、スムーズな息子《むすこ》への理解《りかい》を得《え》るために医療《いりょう》の力《ちから》を借《か》りようと思《おも》い、病院《びょういん》に予約《よやく》を入《い》れた。予約《よやく》はとれにくいとのことだったが、一件《いっけん》の病院《びょういん》が受《う》け入《い》れてくれた。

障害《しょうがい》の診断《しんだん》と理解《りかい》

病院《びょういん》の予約《よやく》がとれ、息子《むすこ》に、元気《げんき》なのになぜ学校《がっこう》を休《やす》んで病院《びょういん》へ行《い》くのかを教《おし》えた。

「元気《げんき》だけど、病院《びょういん》に行《い》くよ」

と言《い》うと息子《むすこ》は、

「いつ？　なんで？」

と言《い》ってきた。私《わたし》は、

「まず、『なんで？』からね。幼稚園《ようちえん》の時《とき》から、みんなとちょっと違《ちが》ってたでしょ。かぁかも同《おな》じなんだけど。それで、今《いま》まで学年《がくねん》で一人《ひとり》だけぬけて、通級指導教室《つうきゅうしどうきょうしつ》に行《い》ってるでしょ？　でも、はっきり自分《じぶん》がなんだか分《わ》からないじゃん。自分《じぶん》のこと知《し》るって大事《だいじ》じゃん。もっと大事《だいじ》なのは、自分《じぶん》を知《し》ってもらうことなのね。理解《りかい》をして分《わ》かってもらおうではなく、自分《じぶん》を知《し》る、他《ほか》の人《ひと》に知《し》ってもらうのに診断《しんだん》してもらうの。○月《がつ》○日《にち》○曜日《ようび》に、かぁかと二人《ふたり》で行《い》くよ。かぁか、自分《じぶん》のことも知《し》れるチャンスだから、超楽《ちょうたの》しみ」

と言《い》ったら、息子《むすこ》は、

「かぁか、じゃあ、自分《じぶん》その日《ひ》、休《やす》むことをいつも一緒《いっしょ》に学校《がっこう》に行《い》ってる友達《ともだち》に、『行《い》けない』って言《い》わないと」

と言《い》った。私《わたし》は

「でかした。お前《まえ》、気《き》がつくね。そうしてね」

これで病院《びょういん》へ行《い》く心《こころ》の準備《じゅんび》は整《ととの》った。

待《ま》ちに待《ま》った当日《とうじつ》。私《わたし》と息子《むすこ》は病院《びょういん》へ向《む》かった。診察室《しんさつしつ》の前《まえ》で待《ま》っていると一組《ひとくみ》の親子《おやこ》がいて、我《わ》が家《や》と同《おな》じ男《おとこ》の子《こ》だった。その息子《むすこ》さんは、一人《ひとり》だけで診察室《しんさつしつ》へ入《はい》って行《い》った。少《すこ》しの時間《じかん》が経《た》ち、息子《むすこ》さんが出《で》て来《き》た。次《つぎ》は、お母《かあ》さん一人《ひとり》で入《はい》っていった。私《わたし》と息子《むすこ》はその様子《ようす》に気《き》がつきながら、

「昼《ひる》、何《なに》を食《た》べるか？　いつも元気《げんき》でめったに学校《がっこう》など休《やす》めないのだから、ちょっとお店《みせ》でも入《はい》っちゃう？　あ！　お姉《ねえ》ちゃん熱出《ねつだ》して、学校休《がっこうやす》んでたんだ。忘《わす》れてはなかったけど、かぁか、楽《たの》しんじゃってるよ」

なんて息子《むすこ》といつもと変《か》わらない会話《かいわ》をしていた。

お母《かあ》さんが診察室《しんさつしつ》から出《で》て来《き》た。

悲《かな》しいことに、そのお母《かあ》さんは泣《な》いていた……。（つらいんだろうな。どんな障害《しょうがい》かは分《わ》からないが、理解《りかい》するまで長《なが》い時間《じかん》がかかるだろうな。でも良《よ》かったね。見《み》た目《め》では分《わ》からないこの障害《しょうがい》を、知《し》れて良《よ》かったね）って、心《こころ》で私《わたし》は思《おも》っていた。

そして、待《ま》ちに待《ま》った私達《わたしたち》コンビの番《ばん》、

「おはようございます。よろしくお願《ねが》いします」

「おはようございます。よろしくお願《ねが》いします」

先生《せんせい》がまず、息子《むすこ》にこう言《い》った。

「困《こま》っていることある？」

「ありません」

「苦手《にがて》な、学科《がっか》は？」

「社会《しゃかい》と算数《さんすう》、地図《ちず》とか、覚《おぼ》えられない」

「友達《ともだち》と遊《あそ》んだり、体《からだ》を動《うご》かすのは好《す》き？」

「はい。バスケとかしてます」

「そっかぁ、それでは向《む》こうへ行《い》って、頭《あたま》と血液《けつえき》とお腹《なか》の検査《けんさ》しよう」

「はい」

そう言《い》って息子《むすこ》は出《で》て行《い》った。

次《つぎ》は私《わたし》の番《ばん》、楽《たの》しみ。

「お母《かあ》さん、困《こま》っていることはありますか？」

「何《なに》も、ありません」

「あれ、どうしたの？」

先生《せんせい》は（それなら、何故《なぜ》ここへ来《き》たの？）と言《い》わんばかりに不思議《ふしぎ》そうな顔《かお》をしていた。私《わたし》は、そんな先生《せんせい》を見《み》ながらこう伝《つた》えた。

「先生《せんせい》、息子《むすこ》はLDだと思《おも》います。なぜって、読《よ》み書《か》きがずば抜《ぬ》けて苦手《にがて》。自分《じぶん》で書《か》く文章《ぶんしょう》は、小一《しょういち》か、小二《しょうに》くらいだと思《おも》います。そして、私《わたし》も私《わたし》の父《ちち》もそうだと思《おも》います」

そして、本《ほん》を読《よ》んでも初《はじ》めに戻《もど》ってしまうこと。かけ算《ざん》をせっかく覚《おぼ》えても忘《わす》れてしまうこと。メモが取《と》れないこと。自分《じぶん》の子《こ》どもの頃《ころ》の話《はなし》と、今《いま》もそれがつづいていることを先生《せんせい》に伝《つた》えた。すると、

「おじいちゃんとお母《かあ》さんの時代《じだい》は、すごくつらい思《おも》いをしたんでしょうね。でもお母《かあ》さん、教《おそ》わってないのにちゃんと下敷《したじ》きで字《じ》をかくしながら、工夫《くふう》したりしてできてきたんじゃないですか。すごいですよ。ここへは皆《みな》さん、どうしていいか分《わ》からず困《こま》って来《く》るのに、お母《かあ》さん笑《わら》って『困《こま》っていることありません』って……、お母《かあ》さんすごいですね」

「先生《せんせい》、私自身《わたしじしん》ここまでくるのに、いっぱい勉強《べんきょう》してヘルパーの資格《しかく》をとったん

です。私《わたし》には、すごく長《なが》い勉強時間《べんきょうじかん》だったんですよ」

「分《わ》かります。すごい時間《じかん》ですよね。でもお母《かあ》さん、分《わ》かってるんですよね、自《じ》分《ぶん》ができる仕事《しごと》とできない仕事《しごと》。だからお母《かあ》さんは困《こま》ってないんですよ。あのですね、お母《かあ》さん！　読《よ》み書《か》きができなくても、体《からだ》の不自由《ふじゆう》な人《ひと》のオムツを嫌《いや》な顔《かお》をせずにできる人《ひと》と、読《よ》み書《か》きがすごくできるけど、オムツをかえられない人《ひと》なら、その事業所《じぎょうしょ》はお母《かあ》さんを必要《ひつよう》としてくれますよ。それをお母《かあ》さん、きちんと分《わ》かってるじゃない。だから、そっちに行《い》ったんだよ。息子《むすこ》さんの接《せっ》し方《かた》も一緒《いっしょ》。お母《かあ》さん、僕《ぼく》なんかよりよっぽど分《わ》かってる。お母《かあ》さんが彼《かれ》の教科書《きょうかしょ》なのですね。息子《むすこ》さんは、ラッキーですね。いっぱい、お母《かあ》さんの背中《せなか》を彼《かれ》に見《み》せてあげてください」

三十八年間《さんじゅうはちねんかん》生《い》きて来《き》て、先生《せんせい》から一番嬉《いちばんうれ》しく優《やさ》しい言葉《ことば》をもらった。

私《わたし》は、目《め》の前《まえ》の先生《せんせい》に抱《だ》きついて、子《こ》どものように泣《な》きたいくらいの状態《じょうたい》だったが、そこはとりあえず、全《すべ》てを胸《むね》にすいこますように、深《ふか》い深呼吸《しんこきゅう》をした。

「先生《せんせい》、ありがとうございます。私《わたし》のカウンセリングまでありがとうございます。理解《りかい》ができて、私《わたし》の心《こころ》がやっと軽《かる》くなりました」

「僕達医者《ぼくたちいしゃ》は、こんなことしかできないですからね」

と言《い》ってくれた。（先生《せんせい》！　なんてすてきなの！　なんてすてきなの！　なんてすてきなんだぁ！　先生《せんせい》〜……）これは言《い》えなかったけど、言《い》えば良《よ》かったと後悔《こうかい》している。

「学校《がっこう》の先生《せんせい》からの書類《しょるい》やテストの結果《けっか》、そして診察《しんさつ》すると息子《むすこ》さんはＬＤですね」

「先生《せんせい》、きちんとした診断《しんだん》、ありがとうございます。私《わたし》もＬＤで良《よ》かった」

そして先生《せんせい》は、息子《むすこ》の肩《かた》を軽《かる》くポンポンと叩《たた》いて、

「大丈夫《だいじょうぶ》、大丈夫《だいじょうぶ》だから！」

と、彼《かれ》をねぎらってくれた。

なんとま〜、優《やさ》しくすてきな時間《じかん》なんでしょう。すてきな経験《けいけん》なんでしょう。父《ちち》と、私《わたし》と息子《むすこ》がＬＤだからできた優《やさ》しい経験《けいけん》。子育《こそだ》てっておもしろい。普通《ふつう》じゃないって楽《たの》しい。私《わたし》は次《つぎ》の診察《しんさつ》の予約《よやく》をして、笑顔《えがお》で診察室《しんさつしつ》を出《で》た。

私《わたし》と息子《むすこ》は、急《いそ》いで娘《むすめ》が待《ま》っている自宅《じたく》へ帰《かえ》った。車《くるま》の中《なか》の彼《かれ》は少《すこ》しも落《お》ち込《こ》んではいなかった。もし落《お》ち込《こ》みがひどかったら、私《わたし》も自分《じぶん》の診断書《しんだんしょ》がとれるまで通《かよ》い、とれた時《とき》には二人《ふたり》で診断書《しんだんしょ》を片手《かたて》に持《も》ち、ピースサインで記念写真《きねんしゃしん》でもとろうかなぁって思《おも》っていた。

その行動《こうどう》は、とらなくて良《よ》くなった。強《つよ》さ？　それとも鈍《にぶ》さ？　を彼《かれ》は、もっていた。でかした私《わたし》のＬＤの息子《むすこ》。

普通《ふつう》じゃないって楽《たの》しい

通級指導教室《つうきゅうしどうきょうしつ》の先生《せんせい》は、こんなことを私《わたし》に教《おし》えてくれた。

「あるハリウッドスターも、ＬＤだということを公表《こうひょう》してるんですよ。うまくそれと付《つ》き合《あ》いながらトップスターだからね。未来《みらい》のことなんて分《わ》からないんですよ」

「あらぁ、やだ、私《わたし》の息子《むすこ》スターになっちゃう」

「そうですよ！　お母《かあ》さんそうなるかもしれないよ！　がんばって」

と、こんな会話《かいわ》をしながら、楽《たの》しんでいる。

ある集《あつ》まりでこのすてきな励《はげ》みの話《はなし》をしたら、こんな言葉《ことば》が出《で》て来《き》た。

「でもさぁ、それ結構《けっこう》言《い》うよね。それって限《かぎ》られた人間《にんげん》だよ！　なんのなぐさめにもならないよ」

「そうだよね、スターは一握《ひとにぎ》りだよね。だったら、自分《じぶん》の息子《むすこ》が笑《わら》って楽《たの》しく生《い》きてたら、スターと同《おな》じくらいの幸《しあわ》せは、あるんじゃないかなぁ」

と、面白《おもしろ》いかは別《べつ》にして、一《ひと》つこんな考《かんが》えがあることを言《い》ってみた。

ある集《あつ》まりで、
「仕事《しごと》が忙《いそが》しく、時間《じかん》におわれて、全然宿題《ぜんぜんしゅくだい》を見《み》てあげれないんです」
というパパがいた。先生《せんせい》はていねいに
「少《すこ》し見《み》てあげると、本人《ほんにん》も自信《じしん》がついていいと思《おも》いますよ」
と話《はな》している。私《わたし》の横《よこ》で先生《せんせい》に相談《そうだん》しているそのパパに、つい
「いいの、いいの。そんなの、パパがキッチンに立《た》ってごはんを作《つく》る姿《すがた》を見《み》せてあげれば、彼《かれ》はコックさんになるかもしれないよ。宿題《しゅくだい》を見《み》てあげられなかった

ら、一緒《いっしょ》にお風呂《ふろ》に入《はい》って、話《はなし》を聞《き》いてあげると……あらぁ、ふしぎ、色々《いろいろ》な話《はなし》が出《で》てくるよ」って言《い》ってみた。

あるママは、宿題《しゅくだい》を見《み》てあげているとイライラしてしまう。「『どうして、これができないの？』とついつい言《い》ってしまうの」と悲《かな》しい顔《かお》で話《はな》すママに、

「そうだよね。この子達《こたち》、できないことが多《おお》いからね。だったら、少《すこ》し想像《そうぞう》してみて。今日《きょう》からママがパートに出《で》ます。まだ、レジの打《う》ち方《かた》も分《わ》かりません。一回《いっかい》だけ教《おそ》わります。そして覚《おぼ》えていないうちに『はい、同《おな》じことをやってください』と言《い》われ『早《はや》く、やってよ！』と言《い》われてしまったら、きっついよね」と笑《わら》いながら言《い》ってみる。

先生《せんせい》のアドバイスは的確《てきかく》で、子《こ》ども達《たち》のことをしっかり考《かんが》えている。私《わたし》の幼稚《ようち》でしょうがない考《かんが》えは、あくまでも骨休《ほねやす》めだ。私《わたし》は、自分《じぶん》で言《い》うのもなんだが……人徳《じんとく》（？）があるのか、関《かか》わってくれている人達《ひとたち》が性格《せいかく》を理解《りかい》してくれているのか、ケンカやもめごとは起《お》きていない。とてもありがたい。

息子《むすこ》は今日《きょう》も、漢字《かんじ》の宿題《しゅくだい》のドリルを、答《こた》えを見《み》ながらやっている。

私《わたし》は彼《かれ》に、

「お前《まえ》は、宿題《しゅくだい》が早《はや》いんだね。よし、持《も》っていくのと提出《ていしゅつ》するのを忘《わす》れず、必《かなら》ず皆《みんな》と一緒《いっしょ》に出《だ》すんだよ」

と彼《かれ》は、

「うん」

「超《ちょう》、早《はや》いかんね」

と、照《て》れながらふざけている。

宿題《しゅくだい》が頭《あたま》に入《はい》っていかないことも、器《うつわ》が決《き》まっていることも、私《わたし》は分《わ》かっている。

私《わたし》の子育《こそだ》てはおかしい。普通《ふつう》がなんだか分《わ》からないが、普通《ふつう》の家庭《かてい》だったらアウトだ。私《わたし》の子育《こそだ》てに、勉強《べんきょう》に対《たい》してのハードルはない。だが、人《ひと》に対《たい》する思《おも》いやり、あいさつ、人《ひと》をふゆかいにさせる言葉《ことば》……、行動《こうどう》のハードルはどこの家庭《かてい》よりめちゃくちゃ高《たか》い。自分《じぶん》ができることをやらないのもアウトにしている。それを身《み》につけていけば、感《かん》じの良《よ》い人《ひと》、信念《しんねん》を持《も》った人《ひと》になれるかも？　と思《おも》っている。

何《なに》が正解《せいかい》だか失敗《しっぱい》だか分《わ》からないが、感《かん》じの良《よ》い人《ひと》にはなれると思《おも》う。スターや先生《せんせい》にはなれなくても、自分《じぶん》の人生《じんせい》、「キャー楽《たの》しい！」と思《おも》って生《い》きてもらいたい。

第5章

思《し》春《しゅん》期《き》の子《こ》どもとの笑《わら》っちゃう日《ひ》々《び》

子育《こそだ》てに行《い》きづまったらふざけちゃう

今《いま》、娘《むすめ》も息子《むすこ》も少《すこ》しかっこつけたいお年頃《としごろ》。返事《へんじ》がそっけなかったり、小生意気《こなまいき》なことも言《い》ったりするようになってきてる。でも私《わたし》は、そんな反抗期《はんこうき》も可愛《かわい》いと思《おも》える。イライラしている自分《じぶん》の子《こ》どもを見《み》ると、指《ゆび》をさし大爆笑《だいばくしょう》をしてやる。そうすると、イライラしている本人《ほんにん》も笑《わら》い出《だ》す。今《いま》はこれで通用《つうよう》するが、これから多感《たかん》な時期《じき》、もっと荒《あ》れまくる時《とき》もあるかもしれない。でも、なってないことを心配《しんぱい》してもしょうがない。起《お》こってから対処《たいしょ》していけばいいだけ。

社会《しゃかい》と関《かか》わっている私《わたし》は、相変《あいか》わらずまだまだ逃《に》げられないものもあり、仕事《しごと》の研修《けんしゅう》や勉強会《べんきょうかい》で「プリントを読《よ》んでください」の言葉《ことば》にドキドキが止《と》まらない。自分《じぶん》の前《まえ》の人《ひと》の読《よ》んでいることなど、頭《あたま》には入《はい》っていない。むしろ、その時間《じかん》は私《わたし》が当《あ》たるであろう部分《ぶぶん》のもう特訓《とっくん》。一日《いちにち》かかる研修《けんしゅう》は、何度《なんど》も回《まわ》ってくる

可能性《かのうせい》があるから、そんな時《とき》は両《りょう》サイドの人《ひと》に、

「すみません。私《わたし》、読《よ》むのがすごく苦手《にがて》で、漢字《かんじ》も分《わ》からないんです。バカだから（笑《わらい》）。なので、私《わたし》の番《ばん》の時《とき》教《おし》えてもらっていいですか？」

と、お願《ねが》いする。すると、

「いいよ！　いいよ！　全然《ぜんぜん》いいよ！　あなたって可愛《かわい》い人《ひと》ね」

と、優《やさ》しく言《い》ってくれる人《ひと》もいる。なんて得《とく》なんだろう。教《おし》えてもらって、なおかつ可愛《かわい》いだなんて気分《きぶん》の良《よ》い言葉《ことば》を！　ＬＤで得《とく》した。そうやって助《たす》けてもらうと、何《なに》も困《こま》ることはない。そうやって生《い》きて、少《すこ》しでもこんな人《ひと》、いるんだぁと思《おも》われたら、こっちのもん。一《いち》％は、知《し》ってもらったと同《おな》じ。そこから、仲良《なかよ》くなる時《とき》もあるかもしれない。

逆《ぎゃく》に、嫌《いや》な顔《かお》をされたりバカにされたりした場合《ばあい》は（無知《むち》な人《ひと》なんだなぁ、これ知《し》らないと、笑《わら》われちゃうよ）とお腹《なか》で思《おも》っていればいいこと。そこで、くや

しがる時間《じかん》はもったいない。だから、私《わたし》は得意《とくい》なことをさがす。

「私《わたし》、読《よ》み書《か》きできませんが、これはできるの！　なにか？」

って、そう言《い》って生《い》きていきたい。


私《わたし》の子《こ》ども達《たち》はダンスをやっている。

努力《どりょく》で突《つ》っ走《ぱし》る娘《むすめ》と、センスを大事《だいじ》にする息子《むすこ》。親《おや》バカだが、はんぱじゃなく二人《ふたり》のダンスはパッションを感《かん》じる。私《わたし》の自慢《じまん》であり私《わたし》の誇《ほこ》り。これからも得意《とくい》なものを見《み》つけてあげたい。

子《こ》どもも自分《じぶん》も良《い》い方向《ほうこう》へ、ゆっくり少《すこ》しずつ行《い》けるように素直《すなお》に生《い》きたい。

深刻《しんこく》な問題《もんだい》も、考《かんが》え方《かた》を変《か》えると少《すこ》し気持《きも》ちが楽《らく》になるんだと思《おも》う。

私《わたし》の両親《りょうしん》や兄妹《きょうだい》はとにかくついてない。苦労《くろう》とかつらさとかは、人《ひと》と比《くら》べることではないが深刻《しんこく》で悲劇的《ひげきてき》な問題《もんだい》も抱《かか》えていて、でも気《き》づいたら笑《わら》ってる、現実《げんじつ》的《てき》には。そして、あまり解決《かいけつ》していない。でも楽《たの》しそうに見《み》えてくる。これも才能《さいのう》だと思《おも》う。

人《ひと》それぞれいっぱい悩《なや》みもあって、苦《くる》しんだり嫌《いや》になったり、嫌《きら》いになったりすることもあって、その人達《ひとたち》の苦労《くろう》の度合《どあ》いを、甘《あま》いだの軽《かる》いだの比《くら》べる必要《ひつよう》もない。

でも、少《すこ》し息《いき》がつまった時《とき》はふざけちゃうと、自分自身《じぶんじしん》が楽《らく》になる。

ふざけるってすごく良《よ》いことだ。

そんなふざけた家系《かけい》の血《ち》が流《なが》れている私《わたし》は、日々《ひび》ふざけている。

お前《まえ》の弟《おとうと》、バカなの？

息子《むすこ》が、学校《がっこう》から帰《かえ》って来《き》て、

「今日《きょう》さぁ、学校《がっこう》でさぁ、こんなこと言《い》われたんだけど……こんなこと言《い》っていいの？」

私《わたし》は

「聞《き》くってことは、それを言《い》ってはいけないと分《わ》かってるからだね。答《こた》えは早《はや》いじゃん。お前《まえ》が、それを人《ひと》にやらなきゃいいじゃない？」

と言《い》ってみる。彼《かれ》は

「良《よ》かった」

と、言《い》ってすぐに解決《かいけつ》した。子育《こそだ》てって、すごく複雑《ふくざつ》で難《むずか》しいことだけどシンプルなことなのかもしれない。

娘《むすめ》が小学校《しょうがっこう》四年生《よねんせい》の時《とき》に、

「お前《まえ》の弟《おとうと》、バカなの？」

と、聞《き》かれた時《とき》があって泣《な》いて帰《かえ》って来《き》た。その彼女《かのじょ》に、

「『バカじゃないよ！』と言《い》ってやったの？」

と、言《い》ってしまった。

言《い》えないから泣《な》いて帰《かえ》って来《き》たのに、私《わたし》は頭《あたま》にくる方《ほう》が先《さき》に来《き》て、傷《きず》ついた娘《むすめ》に、弟《おとうと》をかばわないこと、弟《おとうと》のことを言《い》われてさらに黙《だま》ってしまったことを、私自身《わたしじしん》が悲《かな》しがってしまった。親《おや》って、我《わ》が子《こ》がマイナスのことをされると、怒《いか》りが先《さき》にきてしまう。悲《かな》しくなってしまう。しかし、これを彼女《かのじょ》に押《お》し付《つ》けてしまうことではないと反省《はんせい》した。

お風呂《ふろ》で娘《むすめ》の髪《かみ》を洗《あら》いながら、私《わたし》はあやまった。こんなことを彼女《かのじょ》は、いっぱい経験《けいけん》したんだと思《おも》う。誰《だれ》もが経験《けいけん》できることじゃあないから、ぜひ、心《こころ》の勉強《べんきょう》

ができればありがたい。
その三年後《さんねんご》にも同《おな》じようなことがあり、彼女《かのじょ》も色々《いろいろ》と鍛《きた》えられて、その問題《もんだい》が片付《かたづ》いたころにお風呂《ふろ》で教《おし》えてくれた。
「すごく頭《あたま》の良《い》い子《こ》がさぁ、『お前《まえ》の弟《おとうと》、バカなの？』ってさぁ、無視《むし》してたんだけど二回《にかい》も聞《き》くからさぁ、『なんで？』って聞《き》いたら、『いや、違《ちが》う教室《きょうしつ》に行《い》ってるんでしょ？　だから、バカなのかなぁって』」
私《わたし》はそれを聞《き》いて
「あんた、『ふざけるな！』ぐらい、言《い》ってやった？」
と、また自分《じぶん》の悲《かな》しさに左右《さゆう》されていた。すると、彼女《かのじょ》は
「かぁか、そんなことに頭《あたま》にきてどうするの？　いくら頭《あたま》が良《よ》くても、言《い》っていいこと分《わ》からないんだよ！　それ分《わ》からないのに、怒《おこ》ったってしょうがないで

しょうよ。人間《にんげん》の勉強《べんきょう》ができた方《ほう》がいいね」

と言《い》ってくれた。

なんとまぁ、泣《な》いて帰《かえ》って来《き》た子《こ》が、私《わたし》より大人《おとな》になってる。私《わたし》、負《ま》けてらんない。私《わたし》は、一気《いっき》に浄化《じょうか》される。

またここへきて、私《わたし》が二人《ふたり》を育《そだ》てているのではなく、子《こ》どもと私《わたし》で育《そだ》っているんだと気《き》づいていたことに念《ねん》を押《お》してくれる。

私《わたし》は子《こ》ども達《たち》に、勉強《べんきょう》を教《おし》えてあげられない。

でも一緒《いっしょ》に生《い》きて成長《せいちょう》して、おいしいご飯《はん》は作《つく》ってあげられる。

勉強《べんきょう》は学校《がっこう》の先生《せんせい》にお任《まか》せして、私《わたし》は、ふざけて笑《わら》って子《こ》どもと毎日《まいにち》過《す》ごすだけ。

ダサいことはかっこいい

私《わたし》は、娘《むすめ》の中学《ちゅうがく》の運動会《うんどうかい》が大好《だいす》きだ。

私《わたし》には、中学校行事《ちゅうがっこうぎょうじ》の思《おも》い出《で》がない。すっぽり抜《ぬ》けている。運動会《うんどうかい》を見《み》ていると、自分《じぶん》がふざけてきた中学校時代《ちゅうがっこうじだい》を思《おも》い出《だ》し、後悔《こうかい》と情《なさ》けなさに心《こころ》がおそわれる。子《こ》ども達《たち》が応援《おうえん》している姿《すがた》や本気《ほんき》で走《はし》ってる姿《すがた》を見《み》ると、うらやましいのと（青春《せいしゅん》だね）と感動《かんどう》して、泣《な》きそうになる。

そういえば、中学生《ちゅうがくせい》の時《とき》お母《かあ》さんがいつも言《い》っていた。

「後悔《こうかい》、先《さき》にたたず」

「いつまでも、あると思《おも》うな、親《おや》と金《かね》」

「親《おや》の意見《いけん》となすびの花《はな》は、千《せん》にひとつのむだがない」

ぶれぶれで、やさぐれていた私《わたし》には、その時《とき》に言《い》われても分《わ》からなかったが、でも今思《いまおも》うと理解《りかい》できる。漢字《かんじ》も覚《おぼ》えられない私《わたし》が、こんな難《むずか》しい言葉《ことば》を覚《おぼ》えている。さすがお母《かあ》さん。しつこく言《い》われたんだろう。

まあ今《いま》でも母《はは》は、その言葉《ことば》を唱《とな》えているが……（笑《わらい》）

恐《こわ》い（笑《わらい》）

だから、自分《じぶん》に思《おも》い出《で》がない代《か》わりに、娘《むすめ》や息子《むすこ》にいっぱい熱《あつ》いことをしてもらいたい。ダサイことがかっこいいことだと気《き》づいて楽《たの》しんでもらいたい。めんどうくさいことが大切《たいせつ》なことで、これからも忘《わす》れられない出来事《できごと》になることを感《かん》じてもらいたい。自分《じぶん》の人生《じんせい》、すっぽり抜《ぬ》けているところがないように、いっぱい詰《つ》まった毎日《まいにち》を過《す》ごしてほしい。

六〇《ろくじゅっ》%は嫌《いや》なこと、それ以上《いじょう》に優《やさ》しい四〇《よんじゅっ》%

私《わたし》がＬＤで、学《まな》んだことがある。

一〇〇%のうち、六〇《ろくじゅっ》%は嫌《いや》なことが多《おお》いのかもしれない。

残《のこ》りの四〇《よんじゅっ》%は、六〇《ろくじゅっ》%の嫌《いや》なことを吹《ふ》き飛《と》ばすほど優《やさ》しい四〇《よんじゅっ》%なのかもしれない。

テストで六〇点《ろくじゅってん》とってきたら、一〇〇点《てん》の気持《きも》ちでいたい。

二〇点《にじゅってん》とって来《き》たら「二〇点《にじゅってん》もとれたの！」って言《い》ってやりたい。

そして〇点《れいてん》でも、名前《なまえ》が書《か》いてあったら〇点《れいてん》ではない。

まぐれで一〇〇点《てん》をとってきたら「天才《てんさい》だ」と子《こ》どもに教《おし》えてあげたい。

上《うえ》からの目線《めせん》ではなく、目線《めせん》はいつも下《した》のまた下《した》の床《ゆか》から始《はじ》まりたい。

世《よ》の中《なか》や、子《こ》を持《も》つ親《おや》から見《み》れば、私《わたし》はダメなお母《かあ》さんなのかもしれないが、それはそれでいい。自分《じぶん》の子《こ》どもが私《わたし》のことを好《す》きでいてくれて、この人《ひと》がお母《かあ》さんで良《よ》かったぁって思《おも》えるように、私《わたし》は頑張《がんば》るだけ。

悩《なや》んで悩《なや》んで食欲《しょくよく》もなくなり、眠《ねむ》れない時《とき》もあるが、その悩《なや》みごとはクリアするまで終《お》わらない。その時《とき》すりぬけたとしても、同《おな》じ問題《もんだい》はまたやってくる。逃《に》げられないような気《き》がする。

私《わたし》は、色々《いろいろ》な人《ひと》にＬＤを知《し》ってもらいたい。これを読《よ》んでもらって、ＬＤを知《し》る一人《ひとり》になってほしい。そういう一人《ひとり》が増《ふ》えることは、とても大事《だいじ》だ。分《わ》かってもらおうなんて思《おも》ってなくて、ＬＤを知《し》ってもらえれば、すごく有難《ありがた》い。

私《わたし》は、はずかしがらずに、ここぞという人《ひと》に「父《ちち》と私《わたし》と息子《むすこ》は、ＬＤだ」と知《し》らせたい。
一番《いちばん》、話《はなし》が早《はや》い。

トイレ事件《じけん》はたくさんの愛《あい》

息子《むすこ》が小学《しょうがく》一年生《いちねんせい》の時《とき》、習《なら》い事《ごと》のダンスの帰《かえ》りが遅《おそ》くなり、早《はや》くお風呂《ふろ》に入《はい》り寝《ね》かしたいのに、息子《むすこ》の名前《なまえ》を何度《なんど》呼《よ》んでも返事《へんじ》がない。私《わたし》は疲《つか》れていてイライラしていた。彼《かれ》は片手《かたて》にトイレブラシを持《も》ってトイレにいた。

「どうして、そんなことをしているの？」と息子《むすこ》の話《はなし》を聞《き》く余裕《よゆう》すらなく、私《わたし》は彼《かれ》の胸《むな》ぐらをつかみ、トイレから引《ひ》きずり出《だ》した。彼《かれ》は、とんでもなく悲《かな》しいなんとも言《い》えない顔《かお》をしていた。息子《むすこ》は口《くち》が下手《へた》で、トイレ掃除《そうじ》をしていたことの説明《せつめい》もできず、涙《なみだ》をためている。その顔《かお》を見《み》た時《とき》、私《わたし》はやっと話《はなし》を聞《き》く余裕《よゆう》ができた。

「どうしてトイレにいたの？　いたずらしてたの？」

と、ゆっくり聞《き》いてみた。すると、彼《かれ》はがまんをしていた涙《なみだ》を大粒《おおつぶ》の涙《なみだ》に変《か》えて、

「今日学校《きょうがっこう》で、お母《かあ》さんは色々大変《いろいろたいへん》だから、一《ひと》つお手伝《てつだ》いをしてあげると、みんなのお母《かあ》さん、喜《よろこ》びますよ」

と習《なら》ってきたことを教《おし》えてくれた。

私《わたし》は、すごいことをしてしまった。

息子《むすこ》に最低《さいてい》なことをしてしまった。

まちがえたじゃあ通《とお》らないことをしてしまった。

「ごめんね、ごめんね、かぁかが完全《かんぜん》に悪《わる》い。ごめんね」

私《わたし》は、わぁわぁ泣《な》いて息子《むすこ》を抱《だ》きしめた。

今《いま》でもそれを思《おも》い出《だ》すと、なんとも言《い》えない気持《きも》ちになり、涙《なみだ》が出《で》てくる。大《おお》きくなった彼《かれ》を抱《だ》きしめたくなる。そして、私《わたし》は大《おお》きな息子《むすこ》に、

「ちょっと、来《き》なさい」

と言《い》ってハグの格好《かっこう》をとると、彼《かれ》は恥《は》ずかしいから、ハイタッチをする。

小《ちい》さい時《とき》から二人共《ふたりとも》、抱《だ》きしめてきたつもりだが、まだ恥《は》ずかしくなく抱《だ》きしめられた時《とき》に、いっぱい抱《だ》きしめておけば良《よ》かったと思《おも》う。だけど、私《わたし》は負《ま》けてない。無理《むり》やり抱《だ》きしめてやる。

「分《わ》かった、分《わ》かった……」

と、ウザがられていても、そんなのおかまいなしだ。そんな息子《むすこ》にこのトイレ事件《じけん》の話《はなし》を聞《き》いてみると、

「全然《ぜんぜん》、覚《おぼ》えてないいんだけど！　そんなことあったの？」

と言《い》っていた。

「こんなひどいこと、忘《わす》れちゃったの？」

と彼《かれ》に聞《き》くと、

「その後《ご》、かぁかが泣《な》いてあやまってくれたから忘《わす》れちゃったんじゃない？」

と言《い》ってくれた。こいつ……またまた心《こころ》が深《ふか》い。

親《おや》も子《こ》どもと成長段階《せいちょうだんかい》なのだから、まちがいだらけ。

完璧《かんぺき》なお母《かあ》さんなどいない。

まちがえた後《あと》が肝心《かんじん》なのかもしれない。

弟《おとうと》への母性愛《ぼせいあい》

ソファーに娘《むすめ》と息子《むすこ》が座《すわ》っている。

私《わたし》の携帯電話《けいたいでんわ》を息子《むすこ》がいじりながら、

「ヨッシャー、やったぁー」

と言《い》っている。娘《むすめ》も彼《かれ》を横目《よこめ》で見《み》ている。また息子《むすこ》が
「やったぁ！　かぁか！　携帯《けいたい》アプリの漢字《かんじ》一年生《いちねんせい》、一〇〇点《てん》とったよ！」

私《わたし》は娘《むすめ》を見《み》る。すると彼女《かのじょ》は息子《むすこ》に聞《き》こえないように、口《くち》パクで私《わたし》に
「可愛《かわい》いね！」

と言《い》っていた。私《わたし》は、

「一〇〇点《てん》！　お前《まえ》、すごいな。なかなか一〇〇点《てん》なんかとれるもんじゃないよ！　ね!?　理奈《りな》！」

と娘《むすめ》に言《い》う。

息子《むすこ》は五年生《ごねんせい》。一年生《いちねんせい》の漢字《かんじ》アプリでいい点《てん》とって喜《よろこ》んでいる。面白《おもしろ》すぎる。

その夜娘《よるむすめ》とお風呂《ふろ》に入《はい》って、彼女《かのじょ》に

「理奈《りな》、仁《じん》をバカにしないでくれてありがとうね。笑《わら》わないでくれて、ありがとうね」

と言《い》うと娘《むすめ》は、

「本気《ほんき》で喜《よろこ》んでんの見《み》てたら、可愛《かわい》くなっちゃったよ」

と言《い》ってくれた。私《わたし》より大《おお》きな母性愛《ぼせいあい》だ。

私《わたし》はこうつづけた。

「人《ひと》は当《あ》たり前《まえ》のことができないとバカにするの。そんな人《ひと》ばかりじゃないかもしれないけど、かぁかの少《すこ》し知《し》ってる世《よ》の中《なか》はそういう人《ひと》もいるの。でもそれって誰《だれ》かに言《い》われて、気《き》づいて直《なお》すことじゃなく、自分《じぶん》で気《き》づけるか、なのね。世《よ》の中《なか》に出《で》て、人《ひと》をバカにするという目《め》を持《も》っていない人《ひと》は、少《すく》なからず人《ひと》に嫌《きら》われないの。素直《すなお》に感《かん》じとってできるあなたは凄《すご》いと思《おも》うよ」

と、ささいなことなのに凄《すご》いことでも話《はな》しているような長《なが》い話《はなし》を娘《むすめ》としてみた。

家《うち》の子《こ》ども達《たち》を

「あいさつをきちんとしてくれるのよ」

とほめてくれる人《ひと》に、私《わたし》は

「ありがとうございます、ちゃんと聞《き》こえるようにしてますか？」とか

「まったく私《わたし》に似《に》て、できが悪《わる》くて」

と、ダメ出《だ》しして答《こた》えている。でも家《いえ》ではダメ出《だ》し少《すこ》しと、いっぱいほめること、認《みと》めることをしている。

親《おや》バカでもなんでもいい。

それはお母《かあ》さんにしかできないことだと思《おも》っている。

人《ひと》は誰《だれ》かに見守《みまも》られていないと寂《さび》しい。仁《じん》と私《わたし》は、しっかり娘《むすめ》に守《まも》られている。娘《むすめ》も私達《わたしたち》に守《まも》られている。

私《わたし》が言《い》っていることや理解《りかい》を求《もと》めていることは、きれいごとや理想《りそう》だと言《い》ってもらってもいい。

言《い》って何《なに》もやらないより、やった者勝《ものが》ちだ。やる前《まえ》の自分《じぶん》より、はるかに勝《か》ってる。

ゴロゴロゆっくりする一日《いちにち》も大切《たいせつ》だけど、その半分《はんぶん》の時間《じかん》で理解《りかい》を求《もと》める時間《じかん》に使《つか》うのも大切《たいせつ》な時間《じかん》だ。

楽《たの》しく生《い》きる

夕食前《ゆうしょくまえ》の時間《じかん》、娘《むすめ》が私《わたし》と息子《むすこ》に勉強《べんきょう》を教《おし》えてくれている。四年生《よねんせい》の勉強《べんきょう》、私《わたし》と息子《むすこ》は考《かんが》えながら悩《なや》んでいる。娘《むすめ》がくり返《かえ》し問題《もんだい》を読《よ》み説明《せつめい》してくれる。悩《なや》む二人《ふたり》。すごい光景《こうけい》でこっけいだ。彼女《かのじょ》は私達《わたしたち》の先生《せんせい》。でもそこまで言《い》うほど、彼女《かのじょ》もずばぬけて利口《りこう》ではない。私《わたし》の娘《むすめ》って可愛《かわい》い。逆転親子《ぎゃくてんおやこ》でごめん。

そういえば私《わたし》が中学生《ちゅうがくせい》の頃《ころ》、今川焼《いまがわやき》を焼《や》いているおじさんに「手《て》を広《ひろ》げてみろ、いつも親《おや》は、子《こ》どものことを見《み》ているんだぞ！　覚《おぼ》えときなさい。親指《おやゆび》だけ、小指《こゆび》の方《ほう》を向《む》いているんだぞ。親孝行《おやこうこう》するんだぞ！」と教《おし》えてもらった。

漢字《かんじ》は覚《おぼ》えられないのに、この一回《いっかい》しか習《なら》ってないことが、何年《なんねん》も残《のこ》っているのが不思議《ふしぎ》だ。それならインパクトがあり心《こころ》に納得《なっとく》させる言《い》い方《かた》をしてもらえると、なんでも覚《おぼ》えられるのかなぁ？

私《わたし》は、小学生《しょうがくせい》の時《とき》も中学生《ちゅうがくせい》の時《とき》もろくでもない大人《おとな》になると言《い》われたことがある。今《いま》の私《わたし》を知《し》らない昔《むかし》の人達《ひとたち》は、ろくでもない大人《おとな》になっていると思《おも》っているのかなぁ……。

私《わたし》はとうの昔《むかし》に、子《こ》どもを産《う》んだ時《とき》からろくでなしではない。向《む》こうは知《し》らなくても、見下《みさ》げられていた私《わたし》は成功《せいこう》してはいないが、気持《きも》ちの上《うえ》では言《い》った人達《ひとたち》を見返《みかえ》している。

学生《がくせい》の頃《ころ》、良《よ》くしてくれた数少《かずすく》ない先生二人《せんせいふたり》に伝《つた》えてみたい。

私《わたし》はふざけたお母《かあ》さんになって、毎日《まいにち》楽《たの》しく生《い》きてます。
先生《せんせい》に良《よ》くしてもらったことを忘《わす》れず、感謝《かんしゃ》してますって……。

第6章

父《ちち》も学《がく》習《しゅう》障《しょう》害《がい》だった

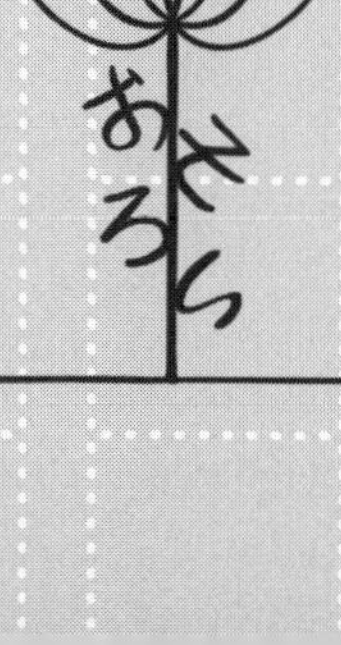

父《ちち》は感《かん》じの良《い》いじじいで十分《じゅうぶん》だ

親《おや》の私《わたし》は、大人《おとな》になればなるほど素直《すなお》でいないといけないと思《おも》っている。子《こ》どもの時《とき》より知恵《ちえ》がつき経験《けいけん》を得《え》てきたのだから、素直《すなお》に子育《こそだ》てをしないと、子《こ》どもが意地悪《いじわる》になっちゃう。こんなことを言《い》ってる私《わたし》は、子《こ》どもの頃《ころ》に相当《そうとう》なひねくれ者《もの》だった。自分《じぶん》では今《いま》、だいぶ子《こ》ども達《たち》に素直《すなお》にしてもらって進《しん》化《か》したと思《おも》う。それが証拠《しょうこ》に、ＬＤを知《し》ってほしいという、素直《すなお》な気持《きも》ちだけで一枚《いちまい》も作文《さくぶん》を書《か》いたことがない私《わたし》が、今《いま》信《しん》じられないほど相当《そうとう》な量《りょう》の枚数《まいすう》を書《か》いている。周《まわ》りにいる娘《むすめ》や息子《むすこ》にも、

「休《やす》まずよく書《か》いてるね。すごいよ！」

と、ほめられている。どっちが親《おや》だか、子《こ》どもだか分《わ》かったもんじゃない。そして

「これさぁ、ＬＤの作文《さくぶん》でしょ？　もしかして、ＬＤの人《ひと》が見《み》るんでしょ？　なんで漢字《かんじ》にルビがないの？　全然《ぜんぜん》、ダメでしょうよ」

と、息子《むすこ》が言《い》っている。すでに、彼《かれ》もＬＤの代表先生《だいひょうせんせい》。私《わたし》は、自分《じぶん》の親《おや》や兄妹《きょうだい》に、息子《むすこ》の診断《しんだん》の結果《けっか》と私《わたし》がやはりＬＤだったことを伝《つた》えた。姉達《あねたち》は「兄妹《きょうだい》で、一番《いちばん》しっかりしているあんたがＬＤなら、私達兄妹《わたしたちきょうだい》もＬＤ」と言《い》っていた。母《はは》は、

「良《い》い子《こ》に育《そだ》つよ」

と言《い》ってくれた。父《ちち》は、

「すごく、気持《きも》ちが分《わ》かるよ。俺《おれ》だって、それを隠《かく》すためにていねいな言葉使《ことばづか》いをして、賢《かしこ》く見《み》せて七十三才《ななじゅうさんさい》になるが、きちんとまじめに仕事《しごと》をしている。気持《きも》ちが分《わ》かってあげられるんだからいいんじゃない。俺《おれ》は、読《よ》み書《か》きができれば出世《しゅっせ》できたと思《おも》う！」

と、昔《むかし》からの口《くち》ぐせをじいさんになっても言《い》っている。さすがだよ、先輩《せんぱい》。だ

が私《わたし》は、父《ちち》が読《よ》み書《か》きができたとしても出世《しゅっせ》はしてないと思《おも》う。今《いま》の世《よ》の中《なか》で、きれいな言葉使《ことばづか》いができて、賢《かしこ》く見《み》せている、感《かん》じの良《い》いじじいで十分《じゅうぶん》だ。自分《じぶん》の苦手《にがて》なことをカバーできるほどのいいものをもっているならどんどん前《まえ》に進《すす》めるから大丈夫《だいじょうぶ》。大人《おとな》になった私《わたし》だからこそ、今度《こんど》は私《わたし》が親《おや》を抱《だ》きしめてあげよう（笑《わらい》）小《ちい》さい時《とき》に抱《だ》きしめられた覚《おぼ》えがなくても、それをしてもらっている想像《そうぞう》をして、強《つよ》く抱《だ》きしめてあげよう。親《おや》という土台《どだい》に感謝《かんしゃ》できれば、全《すべ》てに感謝《かんしゃ》ができる。それができないと土台《どだい》がないから立《た》つのもグラグラのフラフラになる。


私《わたし》は、色々《いろいろ》な人《ひと》と関《かか》わっている。その中《なか》の人《ひと》が私《わたし》に教《おし》えてくれた。

「努力《どりょく》って、才能《さいのう》の一《ひと》つだからね」

って。私《わたし》は努力《どりょく》って才能《さいのう》だと思《おも》ってなかった。そうか、こんなすてきな取《と》り方《かた》があるのかぁ、人《ひと》と話《はなし》をするってそれこそ知恵《ちえ》がつく。良《い》いことだね。それを、教《おそ》わったことを子《こ》ども達《たち》に教《おし》える。人《ひと》の受《う》け売《う》りだろうがなんだろうが、教《おそ》わって良《よ》かったことは教《おし》えちゃう。どんどん良《よ》い言葉《ことば》になっていく。いっぱい良《よ》い言葉《ことば》がほしい。

素直《すなお》に受《う》け入《い》れて素直《すなお》に教《おし》えたい。

父《ちち》の仕事《しごと》

私《わたし》の父《ちち》は七十三才《ななじゅうさんさい》にもなって仕事《しごと》をしている。その仕事《しごと》は、ジムの清掃《せいそう》スタッフだ。父《ちち》の手先《てさき》は、ボロボロで痛《いた》みがひどく、何枚《なんまい》も手《て》の先《さき》の皮《かわ》はむけ、それでも仕事《しごと》を一生懸命頑張《いっしょうけんめいがんば》っている。そしてこの仕事《しごと》に誇《ほこ》りをもち、お客様《きゃくさま》にていねいに接《せっ》している。

だが会社《かいしゃ》の方針《ほうしん》で学科《がっか》テストをしないといけないらしい。七十三才《ななじゅうさんさい》にもなれば頭《あたま》も働《はたら》いていない。まして読《よ》み書《か》き障害《しょうがい》は私《わたし》よりひどい。父《ちち》は頭《あたま》をかかえている。苦痛《くつう》でしかたない。だけど父《ちち》は上《うえ》の人《ひと》に、自分《じぶん》が読《よ》み書《か》きが苦手《にがて》なことを言《い》えない。

社会《しゃかい》というところは、どうしてマニュアルを大事《だいじ》にする場所《ばしょ》なんだろう。それを思《おも》う分《ぶん》、必要《ひつよう》でもあるんだろうなと切《せつ》なくなる。父《ちち》は悩《なや》んでいる。読《よ》み書《か》きさえできたらこわいものはない……と教《おし》えてくれた。そして会社《かいしゃ》で読《よ》み書《か》きが苦手《にがて》ということを伝《つた》えるのがこわいと教《おし》えてくれた。子《こ》どもより大人《おとな》の方《ほう》が恐怖《きょうふ》を感《かん》じ、隠《かく》したいという気持《きも》ちでいっぱいだ。

この世《よ》の中《なか》に学習障害《がくしゅうしょうがい》の人《ひと》は多《おお》いといわれているのを、色々《いろいろ》な所《ところ》で耳《みみ》にする。でも、なぜ学習障害《がくしゅうしょうがい》というものが世《よ》の中《なか》に知《し》れわたらないのか？……隠《かく》れ学習《がくしゅう》障害《しょうがい》……。

それは素直《すなお》に言《い》える社会《しゃかい》ではないからかもしれない。そして人《ひと》に受《う》け入《い》れてもらえず、バカにされることを考《かんが》えてしまうからなのかもしれない。もし素直《すなお》に「大人《おとな》も読《よ》み書《か》きが苦手《にがて》なんです！」と言《い》えて、テストもふりがなや読《よ》み上《あ》げをしてくれて、学科《がっか》テストよりも、講師《こうし》による講習会《こうしゅうかい》にするとか、少《すこ》し受《う》け入《い》れてくれるものがあればだいぶ違《ちが》う。

世《よ》の中《なか》は読《よ》み書《か》きが当《あ》たり前《まえ》と思《おも》い込《こ》んでいる。だから当《あ》たり前《まえ》ができないとバカにしたり、ヒソヒソしたりマイナスな部分《ぶぶん》を拾《ひろ》い上《あ》げられてしまう。なぜだか、良《い》いところより、悪《わる》いところの方《ほう》がひきたつ。もったいなくて残念《ざんねん》だ。

働《はたら》きを見《み》てください！

その人間《にんげん》の本質《ほんしつ》を見《み》てください！

父《ちち》は、「読《よ》み書《か》きが苦手《にがて》だから、自分《じぶん》にできることを探《さが》す」と、時《とき》たま声《こえ》をふるえさせながら涙《なみだ》をこらえながら、私《わたし》に教《おし》えてくれた。ささいなことだが、新《あたら》しく入《はい》ってきた人《ひと》にていねいに仕事《しごと》を教《おし》えたり、覚《おぼ》えが遅《おそ》くても、苦手《にがて》な部分《ぶぶん》があっても絶対人《ぜったいひと》をバカにしないことやきちんとお客様《きゃくさま》にていねいに接《せっ》したり、感謝《かんしゃ》をし、きれいにおじぎをすること……と言《い》っていた。

私《わたし》は読《よ》み書《か》きなんかより皆《みんな》ができる当《あ》たり前《まえ》のことより、ささいなことを大切《たいせつ》にして立派《りっぱ》なことをしている父《ちち》が、大《おお》きく見《み》えた。尊敬《そんけい》の気持《きも》ちでいっぱいだ。

両親《りょうしん》を尊敬《そんけい》できるのは、私《わたし》に自分《じぶん》の弱《よわ》い部分《ぶぶん》を見《み》せて、だらしないところを見《み》せて生《い》きていくことを学《まな》ばせてくれるからだ。しかも、授業料《じゅぎょうりょう》もとられない。なんて、私《わたし》はラッキーなのだろう！　この自分《じぶん》が置《お》かれた設定《せってい》が、ありがたくてしょうがない。

私《わたし》は大人《おとな》になってもまだまだ教《おそ》わることがいっぱいだ。

学習障害《がくしゅうしょうがい》で生《い》きてきた父《ちち》、今生《いまい》きてる私《わたし》、これから生《い》きていく息子《むすこ》、なんてすてきなんだろう……どうぞ私《わたし》の両親《りょうしん》（先輩《せんぱい》）「これでもか！」ってくらいよぼよぼになっても、私《わたし》に生《い》きざまを見《み》せてください。

父《ちち》や隠《かく》れ学習障害《がくしゅうしょうがい》の大人《おとな》の人達《ひとたち》がこの世《よ》の中《なか》で小《ちい》さくなってしまう分《ぶん》、今《いま》を私《わたし》は変《か》えたい。もし、職場《しょくば》や知《し》り合《あ》いの人《ひと》に読《よ》み書《か》きが苦手《にがて》な人《ひと》がいたらバカにしないでほしい。陰口《かげぐち》を言《い》わないであげてほしい。きっとバカにしなかった分《ぶん》、陰《かげ》口《ぐち》を言《い》わなかった分《ぶん》いい社会《しゃかい》になると思《おも》う。そういう事《こと》をしない分《ぶん》、良《い》い縁《えん》も運《うん》も自分《じぶん》に来《く》るかも（笑《わらい》）難《むずか》しいことでもなく簡単《かんたん》に誰《だれ》にでもできること。そして些細《ささい》なこと（笑《わらい》）

人《ひと》には皆同《みなおな》じものがついている。頭《あたま》、目《め》、耳《みみ》、鼻《はな》、口《くち》。

頭《あたま》は、意地悪《いじわる》をするための知恵《ちえ》を作《つく》るところじゃない。

目《め》は、人《ひと》が悲《かな》しい嫌《いや》な顔《かお》を見《み》るためについてるんじゃない。

耳《みみ》は悪口《わるくち》、陰口《かげぐち》を聞《き》くためにあるんじゃない。

口《くち》は、人《ひと》を傷《きず》つけるために開《ひら》くんじゃない。

自分《じぶん》の親《おや》、子《こ》どもがそんなことをされている姿《すがた》を想像《そうぞう》をしてほしい。こんなくだらないことはない！


私《わたし》は子《こ》ども達《たち》に教《おし》えていきたい。

「こんなくだらないことは、してはいけない」と。そして「人《ひと》にバカにされて生《い》きていくのはまだいいが、自分達《じぶんたち》はみっともない生《い》き方《かた》をしてはいけない」と。

心《こころ》の傷《きず》は今《いま》も消《き》えない

私《わたし》は、この作文《さくぶん》を書《か》くにあたり父《ちち》に電話《でんわ》をした。

「もしもし、おやじさん。私《わたし》、おやじのこと、自分《じぶん》のこと、息子《むすこ》のこと知《し》ってもらいたいんだけど、ＬＤのこと、作文《さくぶん》に書《か》いて人《ひと》に見《み》せてもいいかなぁ？　どう思《おも》う？」

「俺《おれ》のことはいいよ！　知《し》ってもらって恥《は》ずかしいことでもなんでもないんだから、聞《き》きたいことがあったら、いつでも電話《でんわ》してきなよ！」

「うん、ありがとう。おやじ、今度《こんど》お昼《ひる》ご飯《はん》ごちそうするから、近《ちか》いうちお母《かあ》さんとおやじさん、迎《むか》えに行《い》くね」

「お母《かあ》さん、三枝子《みえこ》が、今度《こんど》迎《むか》えに来《く》るってさ」

「聞《き》こえてるわ、それじゃあ、ありがとう」

「こちらこそ、ありがとう」

なんて簡単《かんたん》なんだろう。　私《わたし》の息子《むすこ》にも、

「ねぇ、仁《じん》、かぁかさぁ、東京《とうきょう》のじいちゃんとかぁかと仁《じん》のこと、作文《さくぶん》にしたいの！　それを、人《ひと》に見《み》せていきたいの。ＬＤのこと、知《し》ってもらいたいんだけど仁《じん》のこと、教《おし》えちゃっていい？」

「え！　なんで？　どうして？　逆《ぎゃく》に教《おし》えちゃいけないことあるの？　全然《ぜんぜん》いいよ。」

「お前《まえ》、かっこいいね。」

「……」

もっと、シンプルだった。この作文《さくぶん》を書《か》いていて、もっともっと子《こ》どもが可愛《かわい》くてしかたない自分《じぶん》になった。そして、自分《じぶん》のことも大事《だいじ》。私《わたし》はこの作文《さくぶん》を書《か》き終《お》えて、親《おや》、兄弟《きょうだい》の前《まえ》で読《よ》もうとした。でも手《て》がふるえ、目《め》はこわいものを見《み》るように細《ほそ》め、声《こえ》はふるえ、結局《けっきょく》、私《わたし》は読《よ》めなかった。姪《めい》っ子《こ》に代《か》わりに読《よ》んでもらい、自分《じぶん》が書《か》いたものを聞《き》いていた。親《おや》、兄弟《きょうだい》はほめてくれた。母《はは》は年《とし》のせいか、途中睡魔《とちゅうすいま》におそわれていたが、終《お》わった時《とき》に拍手《はくしゅ》をしていた。いくつになっても、親《おや》、兄弟《きょうだい》にほめられると気持《きも》ちのいいものだ。父《ちち》は何《なに》も言《い》わずにただただ、そこにいた。父《ちち》は、実家《じっか》に向《む》かう車《くるま》の中《なか》でも口数少《くちかずすく》なく、大人《おとな》しく車《くるま》に乗《の》っている。実家《じっか》に着《つ》き、車《くるま》を降《お》りる時《とき》に一言私《ひとことわたし》に、

「ありがとう」

と言《い》っていた。作文《さくぶん》を書《か》いて良《よ》かった。

その夜《よる》、私《わたし》は夢《ゆめ》を見《み》た。私《わたし》は小学校三年生《しょうがっこうさんねんせい》。作文《さくぶん》の授業《じゅぎょう》で私《わたし》の発表《はっぴょう》になり、私《わたし》はロボット読《よ》み。まわりの友達《ともだち》のクスクス笑《わら》いや字《じ》のまちがい読《よ》みのつっこみ、先生《せんせい》も笑《わら》っているように見《み》える。ふだん寝汗《ねあせ》をかかない私《わたし》が、寝汗《ねあせ》をたっぷりか

いて、ふゆかいな気分《きぶん》で目覚《めざ》めた。

「人間《にんげん》って弱《よわ》い！」ってつくづく思《おも》った。私《わたし》の心《こころ》の傷《きず》は、しっかり、何十年《なんじゅうねん》も生《い》きている。

マイナスな物《もの》のエネルギーは、かなりしつこい。しつこい傷《きず》だ。

こんなことがないように、一人《ひとり》でもＬＤの理解者《りかいしゃ》を増《ふ》やしたい。

絶対《ぜったい》、増《ふ》やしていきたい。

第7章

後《うし》ろを見《み》ながらも前《まえ》に進《すす》む

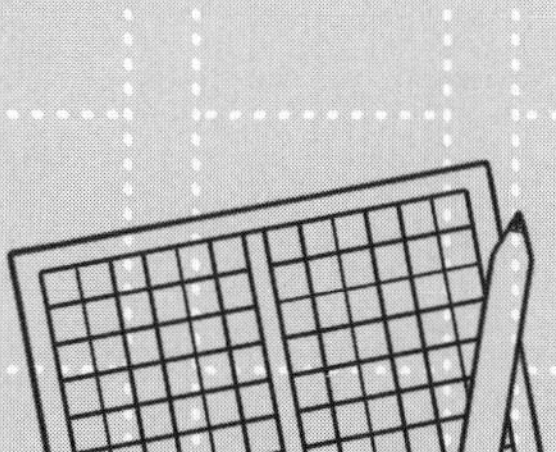

小学生《しょうがくせい》の写生会《しゃせいかい》

小学生《しょうがくせい》の写生会《しゃせいかい》で、上野動物園《うえのどうぶつえん》へ行《い》き、クラスの班《はん》の女子四人《じょしよにん》と、キリンの前《まえ》で絵《え》を描《か》いていた。私《わたし》の数倍勉強《すうばいべんきょう》ができる女《おんな》の子《こ》は、絵《え》を描《か》くのが苦手《にがて》らしく、私《わたし》が彼女《かのじょ》の絵《え》を鉛筆《えんぴつ》で下《した》がきしてあげた。

私《わたし》が描《か》いた物《もの》だから、二人《ふたり》の絵《え》はまったく同《おな》じになってしまった。私《わたし》は人《ひと》の絵《え》まで描《か》いていたから、絵《え》の具《ぐ》を塗《ぬ》るまでは時間《じかん》がなく、先生《せんせい》から家《いえ》で仕上《しあ》げてくるように言《い》われ、持《も》ち帰《かえ》った。私《わたし》はだらしがないから、その絵《え》を一《いち》、二日《ににち》おくれて出《だ》した。同《おな》じ絵《え》が二枚壁《にまいかべ》にはられていた。絵《え》を返《かえ》される時《とき》、頭《あたま》の良《い》い子《こ》は「上手《じょうず》ですね」とほめられていた。私《わたし》はもっとほめられると思《おも》っていたら、なんだかぶつぶつダメだしをされた。すぐ彼女《かのじょ》の顔《かお》を見《み》たら、下《した》を向《む》いていた。私《わたし》は先生《せんせい》にも何《なに》も言《い》わず、絵《え》をむしりとるようにうばった。その時《とき》の私《わたし》は、（勉強《べんきょう》ができないと全《すべ》てがダメで、人《ひと》もずるくて嫌《きら》いだ）としか思《おも》えなかった。家《いえ》に帰《かえ》り、家《いえ》の誰《だれ》にも見《み》せずに絵《え》をビリビリにやぶいて捨《す》てた。

あの時《とき》の私《わたし》に今《いま》の私《わたし》が会《あ》えたら言《い》ってやりたい。

「あなたは、キリンの下《した》がきは良《よ》かったけど、絵《え》の具《ぐ》で塗《ぬ》るのがダメだったの。二日《ふつか》も出《だ》さなかったし、自分《じぶん》もダメよ。友達《ともだち》の分《ぶん》まで良《よ》く描《か》いてあげたね。黙《だま》っていてつらかったでしょ」

って、やさしく言《い》ってやりたい。

「くやしいなら、ちゃんとやることやりなさい」

ってビリビリにやぶいた絵《え》を、テープでなおしてあげながら、教《おし》えてあげたい。

今《いま》、そしてこれからのＬＤの子《こ》ども達《たち》や大人《おとな》のＬＤの人達《ひとたち》にも、そうやって接《せっ》してあげたい。

人《ひと》としての常識《じょうしき》があれば十分《じゅうぶん》だ

この作文《さくぶん》を書《か》き終《お》えて、親《おや》や兄妹《きょうだい》には見《み》せたが息子本人《むすこほんにん》に見《み》せていなかった。娘《むすめ》は一足早《ひとあしはや》く見《み》ていて、見《み》てからは私《わたし》にたまにベタベタと、ひっつくようになった。

「かぁか、作文《さくぶん》、仁《じん》に見《み》せたほうがいいよ。こんな長《なが》い作文《さくぶん》、仁《じん》は読《よ》めないから、私《わたし》が読《よ》み聞《き》かせしてあげる。かぁかが家《いえ》にいなくて二人《ふたり》で留守番《るすばん》している時《とき》に、私《わたし》やるよ！」

と言《い》ってくれた。そして私《わたし》が留守《るす》の時《とき》、娘《むすめ》は彼《かれ》に読《よ》み聞《き》かせをしてくれた。

終《お》わってからだろう、私《わたし》の所《ところ》に娘《むすめ》からメールが来《き》た。

〈作文読《さくぶんよ》んだよ〉

〈ありがとう。仁《じん》はおとなしく聞《き》いていた!?〉

〈うん! こんな集中力《しゅうちゅうりょく》すげーなってくらい（笑《わらい》）私《わたし》が、途中《とちゅう》でスナック菓子《がし》開《あ》けてもすぐ食《た》べないで、なんかすごい私《わたし》のこと見《み》つめてた（笑《わらい》）〉

〈おかしい(^O^) うける(^O^) よい姉弟《きょうだい》だ。理奈《りな》ありがとう。二人《ふたり》産《う》んでよかったわ(^O^) 楽《たの》しすぎる〉

〈なんか、東京《とうきょう》のばぁば達《たち》の前《まえ》で読《よ》むより緊張《きんちょう》したわ〉

〈偉《えら》いね 偉《えら》いね 偉《えら》いね、さすが私《わたし》の娘《むすめ》〉

〈（笑《わらい》）なんか、私《わたし》も、作文書《さくぶんか》いてみたくなる……十三年《じゅうさんねん》しか生《い》きてません〉

〈いいんだよ、いいんだよ、大好《だいす》きなアイドルスターをどれだけ好《す》きか書《か》いてみなさい〉

〈えっ！　そこ？（笑《わらい》）〉

〈違《ちが》うか、でも自分《じぶん》の人生《じんせい》に、まだ短《みじか》いだのなんなの関係《かんけい》ないからね！　書《か》くと、自分《じぶん》と向《む》き合《あ》えるからいいと思《おも》うよ♡　全《すべ》て書《か》きとめるんだよ！　誰《だれ》にも見《み》せなくてもスッキリするよ〉

〈うん！（笑《わらい》）〉

〈本当《ほんとう》にさすが私《わたし》の娘《むすめ》。おつかれ〉

そんなメールのやりとりをした。

家《いえ》に帰《かえ》った私《わたし》は、息子《むすこ》に
「おねえちゃんが一生懸命《いっしょうけんめい》読《よ》んでくれたのをきちんと聞《き》いてたの！　えらい！理奈《りな》もあんなに長《なが》い文《ぶん》読《よ》んであげたのね、すごいね！」とほめてあげた。二人共《ふたりとも》恥《は》ずかしそうにしていたが、まんざらでもない顔《かお》をしていた。

二人《ふたり》の貴重《きちょう》な時間《じかん》、私《わたし》は心《こころ》から有難《ありがた》い。恵《めぐ》まれている。

数日後《すうじつご》二人《ふたり》のダンスの発表会《はっぴょうかい》があった。舞台《ぶたい》でダンスをしている娘《むすめ》と息子《むすこ》は、今《いま》までで一番《いちばん》かっこいいパフォーマンスをしてくれた。これは私《わたし》へのご褒美《ほうび》。ますます私《わたし》を強《つよ》い気持《きも》ちにしてくれている。この子達《こたち》に刺激《しげき》を受《う》けている私《わたし》。たくさんもがいて、これからも悩《なや》みもがいていくと思《おも》うが、今《いま》を素直《すなお》に受《う》け入《い》れて今《いま》を大切《たいせつ》にしたい。もっともっと優《やさ》しくなりたい。

勉強《べんきょう》に関《かん》しての常識《じょうしき》やあたり前《まえ》は、誰《だれ》の常識《じょうしき》で、誰《だれ》のあたり前《まえ》なのだろう？ 人《ひと》と違《ちが》う答《こた》えだと、どうして笑《わら》われるんだろう。私《わたし》は、色々《いろいろ》な答《こた》えがあっていいと思《おも》う。それを認《みと》めてあげていいと思《おも》う。

大人《おとな》も、頭《あたま》がガチガチだと疲《つか》れるよ。残念《ざんねん》ながら大人《おとな》がガチガチなんですけどね。ガチガチな割《わり》には、人《ひと》から聞《き》いた悪《わる》い話《はなし》はいち早《はや》く吸収《きゅうしゅう》する。やだね、大人《おとな》って！

生活《せいかつ》も生《い》きることも、人間《にんげん》としての常識《じょうしき》があれば十分《じゅうぶん》だ。

文句《もんく》を言《い》う人《ひと》、すぐ羨《うらや》ましがる人《ひと》、人《ひと》をバカにする人《ひと》、ねたむ人《ひと》、そんなこと覚《おぼ》えないで違《ちが》うことを覚《おぼ》えて、考《かんが》えてみればいいのに。でも、人《ひと》は人《ひと》だ。

「私《わたし》はＬＤです！」と言《い》えて、そのことを受《う》け入《い》れてくれる世《よ》の中《なか》になってくればいい。だって、おばあちゃんになってもおじいちゃんになっても治《なお》らないから、障害《しょうがい》で疲《つか》れるが付《つ》き合《あ》っていかないといけないから。

学習障害《がくしゅうしょうがい》なんて困《こま》らない

私《わたし》の少《すこ》しの考《かんが》えだが、勉強《べんきょう》ができないイコール努力《どりょく》が足《た》りないとしか見《み》られない。そう見《み》る人《ひと》には、努力《どりょく》できることとできないことがあるのが分《わ》かってなくて、一《ひと》つの答《こた》えしか見当《みあ》たらない。そんな努力《どりょく》でなんともできないのに、生意気《なまいき》なことはいっちょ前《まえ》（一人前《いちにんまえ》）なＬＤ者《しゃ》が嫌《きら》いな人達《ひとたち》がいる。それは私《わたし》が出会《であ》った少《すこ》し頭《あたま》の良《よ》い人達《ひとたち》だ。その人達《ひとたち》は勉強《べんきょう》できない人《ひと》を嫌《きら》う。人間性《にんげんせい》の問題《もんだい》だと思《おも》うが、そういう人《ひと》も中《なか》にはいる。おごり高《たか》ぶる人間《にんげん》に私《わたし》はなりたくない。

ある人《ひと》が教《おし》えてくれた。

「足《あし》が悪《わる》い人《ひと》に、速《はや》く階段《かいだん》を登《のぼ》るように言《い》わないでしょ？　だけどＬＤの人《ひと》に、『どうしてこれができない！　努力《どりょく》が足《た》りないだけ！』と言《い》う。障害《しょうがい》を認《みと》められない。理解《りかい》がとてもできない障害《しょうがい》が、このＬＤだよ」と……。どうしてそうなってしまうのか私《わたし》にはよくわからない。人《ひと》のために思《おも》って言《い》っていることなのか？

私《わたし》はいつも、どうして？　なんで？　と考《かんが》えさせられる。いつも解決《かいけつ》できないで、あきらめることもしないで、モヤモヤしている。

自分《じぶん》の中《なか》での解決法《かいけつほう》は

「頭《あたま》の良《よ》い人《ひと》は努力《どりょく》で頑張《がんば》ってきたんだね」

しかない。
だけど人《ひと》は誰《だれ》でも完璧《かんぺき》ではない。
欠《か》けてることがいっぱいある、と思《おも》った方《ほう》が丁度《ちょうど》いい。
私《わたし》は、偉《えら》ぶって人《ひと》を見下《みくだ》すような人《ひと》になりたくない。
私《わたし》は、絶対楽《ぜったいたの》しく楽《らく》に生《い》きたい。

母《はは》として思《おも》うこと

「私《わたし》は良《い》い子《こ》ぶってるんじゃない」
と自信《じしん》を持《も》って言《い》おう、私《わたし》は良《い》い子《こ》なんだ！
意地悪《いじわる》をされたら笑《わら》ってやろう！　そうすると意地悪《いじわる》をした人《ひと》より私《わたし》の方《ほう》が、
ずっとすぐれていると思《おも》えてくる！

バカってどういうことに対《たい》してつける二文字《ふたもじ》なんだろう!?

勉強《べんきょう》ができてあいさつができない人《ひと》、頭《あたま》が悪《わる》いがあいさつがきちんとできる人《ひと》、言葉《ことば》の心得《こころえ》もわからず人《ひと》を不愉快《ふゆかい》にする言葉《ことば》を使《つか》う人《ひと》、それぞれバカだと思《おも》う。それなら何《なに》がバカだろうと考《かんが》えてみる。欠《か》けてることをバカと言《い》うのか？　何《なに》もかも揃《そろ》っている人《ひと》などいないのだから……それなら世《よ》の中《なか》の人《ひと》は皆《みんな》バカだ。だから私《わたし》だけがバカなんじゃない（笑《わらい》）

私《わたし》は義務教育《ぎむきょういく》を終了《しゅうりょう》してから少《すこ》し賢《かしこ》くなったと思《おも》っている。

怒《いか》りをもった日《ひ》は、肩《かた》や体《からだ》が痛《いた》くなる。怒《いか》りはエネルギーをつかう！　自分《じぶん》の心《こころ》に逆《さか》らったエネルギーだからクタクタになるのだろうか？　本当《ほんとう》は必要《ひつよう》ないエネルギーなのかな？　体《からだ》が痛《いた》くなるからできるだけその痛《いた》みを覚《おぼ》えておいて、怒《いか》りを出《だ》さないように訓練《くんれん》する！

子《こ》ども達《たち》が人《ひと》に傷《きず》つけられたり意地悪《いじわる》をされたりすると話《はなし》は変《か》わる。

それでもできるだけ、心《こころ》を落《お》ち着《つ》かせる訓練《くんれん》にきりかえる。子《こ》ども達《たち》が、その意地悪《いじわる》に負《ま》けないくらいの人間《にんげん》に育《そだ》ててあげたい！　本人達《ほんにんたち》も意地悪《いじわる》を絶対《ぜったい》しない人間《にんげん》にしてあげたい。そして意地悪《いじわる》されたり傷《きず》つけられたりすることがあっても、逃《に》げ道《みち》があることを教《おし》えておきたい！　そのちっちゃい世界《せかい》で頑張《がんば》らなくてもいいことを教《おし》えてあげたい！　頑張《がんば》る場所《ばしょ》はそこだけではないことや、広《ひろ》い所《ところ》に自分《じぶん》の居場所《いばしょ》があることを教《おし》えておきたい！　自信《じしん》にみちあふれ、自分《じぶん》で思《おも》った道《みち》をゆっくり進《すす》んでもらいたい！　そして強《つよ》く優《やさ》しく生《い》きてもらいたいって思《おも》ってる！　弱《よわ》さも優《やさ》しさもちゃんと見極《みきわ》められる人間《にんげん》……優《やさ》しいのは強《つよ》い、と思《おも》う心《こころ》を身《み》につけさせてあげたい！　私《わたし》もそういう人間《にんげん》に仕上《しあ》がっていけるように、色々《いろいろ》な問題《もんだい》を受《う》けて生《い》きていきたい。

自分《じぶん》の考《かんが》えは人《ひと》に押《お》し付《つ》けない……えらそうになるから！　だけど自分《じぶん》の感性《かんせい》や信念《しんねん》は自分自身《じぶんじしん》に思《おも》いっきりぶつけてやろう！

色々《いろいろ》な出来事《できごと》が起《お》きるが、決《き》まりきった言葉《ことば》や行動《こうどう》で片付《かたづ》けるのはやめよう。決《き》まりきったものを使《つか》うと自分《じぶん》が考《かんが》えたものではないから、自分《じぶん》の心《こころ》がふるわない。私流《わたしりゅう》でその出来事《できごと》は、私《わたし》を選《えら》んで起《お》きたことだと考《かんが》えて答《こた》えを出《だ》す。

アンサーはセンスだ！　色々《いろいろ》なことを積《つ》み重《かさ》ねて生《い》きてきた人《ひと》だなぁ、と思《おも》われるようなすてきなアンサーを……！

親《おや》があいさつしないと子《こ》どももあいさつができなくなる。

親《おや》がごうまんだと自分勝手《じぶんかって》な子《こ》どもになってしまう。

親《おや》があやまれないと、素直《すなお》になれない子《こ》どもになってしまう。

親《おや》を見《み》れば子《こ》どもが少《すこ》し分《わ》かる。子《こ》どもは親《おや》の表《あらわ》しだ！

逆《ぎゃく》に子《こ》どもは親《おや》へのご褒美《ほうび》でもある！　大変《たいへん》だが、親《おや》は重大《じゅうだい》で重要《じゅうよう》だ。

私《わたし》がその口開《くちあ》けであるのなら、これからつづく者《もの》の見本《みほん》にならなければいけないし、地《ち》に足《あし》つけて、思《おも》いっきり純粋《じゅんすい》に生《い》きていかないといけない、と少《すこ》し思《おも》っている。

失敗《しっぱい》ばかり、悩《なや》んでばかり、解決《かいけつ》できないことも悩《なや》む。解決《かいけつ》できないことが悩《なや》みなら「悩《なや》むのなんてやめた！」って思《おも》える性格《せいかく》になりたい。子《こ》どものことになると頭《あたま》がおかしくなるくらい悩《なや》み落《お》ち込《こ》み、自分《じぶん》にふりかかれば楽《らく》なのに……と考《かんが》える。残念《ざんねん》ながらそうなってはくれないし、私《わたし》の頭《あたま》もおかしくならない。どれだけ色々《いろいろ》なことがつづき、嫌《いや》な思《おも》いをすれば当《あ》たり前《まえ》の日《にち》常《じょう》になるんだろう？

だけど、何《なに》か問題《もんだい》が起《お》きた方《ほう》がいいような気《き》もする。そうなると、少《すこ》しの喜《よろこ》びや少《すこ》しの幸《しあわ》せも大《おお》きな喜《よろこ》びになるような、心《こころ》のリアクションがでっかくなるような気《き》がする。

そしてあまりいいことではないが、「嫌《いや》なことはなれる」と思《おも》う。それをくり返《かえ》していくうちに誰《だれ》も持《も》っていない自分《じぶん》だけの考《かんが》えを持《も》てるような気《き》がする。

全《すべ》ては思《おも》い込《こ》みから始《はじ》まり、自分《じぶん》に言《い》い聞《き》かせるために、色々《いろいろ》な言葉《ことば》を自分《じぶん》にはきだしている。自分《じぶん》に納得《なっとく》させて（こうなれ！　こうなれ！）って自分自身《じぶんじしん》の背中《せなか》を押《お》している。

人《ひと》に相談《そうだん》するのも大切《たいせつ》だが、まず私《わたし》は一人《ひとり》で考《かんが》えてみる。

それでいつも誰《だれ》かではなく自分《じぶん》の出《だ》した答《こた》えを信《しん》じてあげる。そのまま突《つ》っ走《ぱし》るだけ。

私《わたし》の子《こ》ども二人《ふたり》がまちがったことをしてしまった時《とき》は、色々《いろいろ》な人《ひと》に怒《おこ》ってもらいたい。ほめてもらうのも大切《たいせつ》だが、怒《おこ》られることもおおいに重要《じゅうよう》だ。恥《はじ》をかいて覚《おぼ》えることもいっぱいあるような気《き》がする。この二《ふた》つのことはどっちかに片《かた》寄《よ》ってもダメだと思《おも》う。二《ふた》つのことだが、セットだと思《おも》う。「どんどん怒《おこ》られろ」「世《よ》の中《なか》の矛盾《むじゅん》も、見極《みきわ》めろ」と言《い》いたい。

自分《じぶん》が今見《いまみ》ていることは、本当《ほんとう》はまちがいかもしれない。例《たと》えば元気《げんき》に笑《わら》ってふざけている人《ひと》は、ものすごい悩《なや》みをかかえているのかもしれない。自分《じぶん》の子《こ》どもを「この子《こ》はしっかりしているから大丈夫《だいじょうぶ》！」と勝手《かって》な親《おや》の思《おも》い込《こ》みで信《しん》じていても、実《じつ》は大丈夫《だいじょうぶ》じゃないのかもしれない。見《み》えていることだけを自分《じぶん》の思《おも》い込《こ》みで決《き》めてはいけない！　自分《じぶん》のことはいいが、人《ひと》や物事《ものごと》は思《おも》い込《こ》みで決《き》めない方《ほう》が良《い》い。今《いま》、意味《いみ》がないと思《おも》うことも、この先意味《さきいみ》があることかもしれないのだから、迷《まよ》ったらやってみよう。

本当《ほんとう》のことを理解《りかい》をしてもらうということは、この世《よ》の中《なか》で一番難《いちばんむずか》しいことなのかもしれない。人《ひと》を理解《りかい》するって、できないことなのかもしれない。それなら歩《あゆ》み寄《よ》って、寄《よ》り添《そ》って分《わ》かろうとすればいい。そうすれば理解《りかい》しなくてはいけないと思《おも》わなくていいのかもしれない。人間《にんげん》は、この世《よ》の中《なか》で一番怖《いちばんこわ》いし優《やさ》しい。私《わたし》は人《ひと》の優《やさ》しさを信《しん》じたい。人《ひと》を悪《わる》いように見《み》たくない。

私《わたし》は、ＬＤのあるオヤジさんや自分《じぶん》、息子《むすこ》を個性《こせい》だと思《おも》えるまですごい時間《じかん》がかかった。なぜなら、その個性《こせい》で苦《くる》しんでいるからだ！ どうにか個性《こせい》と思《おも》えるようになったのは、開《ひら》き直《なお》ったからなのかもしれない。

私《わたし》の頭《あたま》の中《なか》の接触《せっしょく》が悪《わる》いところ、そこはどこですか？

「バカでもなんでも読《よ》み書《か》きができればいいの！」

って言葉《ことば》好《す》きじゃない。

「覚《おぼ》える気《き》がないだけ」

って言葉《ことば》は、それ以上《いじょう》にもっと嫌《きら》いだ。

人間《にんげん》に生《う》まれてきたんだから、気分《きぶん》のいい言葉《ことば》を使《つか》おう。相手《あいて》の気分《きぶん》を悪《わる》くさせてもなんの得《とく》もない。口《くち》に出《だ》す前《まえ》によく吟味《ぎんみ》して選《えら》んで会話《かいわ》をしよう。きっとすてきな会話《かいわ》になると思《おも》うよ!?

LDのお母《かあ》さんが子《こ》どもにLDをあげちゃった？　遺伝《いでん》させちゃった？
「LDじゃなく、普通《ふつう》の子《こ》で産《う》んでやれば良《よ》かった」
なんて何回《なんかい》も考《かんが》えたけど……私《わたし》は親《おや》に
「どうして私《わたし》を頭良《あたまよ》く産《う》んでくれなかったの？」
なんて一回足《いっかいた》りとも思《おも》ったことはないから息子《むすこ》もそうであると信《しん》じたい。けど
……性格《せいかく》があるから万《まん》が一言《いちい》われちゃったら、爆笑《ばくしょう》しながら「あきらめろ」って

言《い》ってやろう。

あきらめや開《ひら》き直《なお》りはチャンスにつながる近道《ちかみち》。いつまでも口《くち》とがらせてつらいことや不満《ふまん》ばかり言《い》わないで、自分《じぶん》だけのＬＤの教科書《きょうかしょ》を作《つく》ってしまえばいい。生《い》きてこの世《よ》に自分《じぶん》という存在《そんざい》があれば、それだけで意味《いみ》があることを強《つよ》く息子《むすこ》に教《おし》えたい。

子《こ》ども達《たち》が楽《たの》しいと私《わたし》も楽《たの》しいんだ！
子《こ》ども達《たち》が悲《かな》しいと私《わたし》も悲《かな》しいんだ！
ＬＤの「欠《か》けてる私《わたし》」は、子《こ》ども達《たち》のことが大好《だいす》きなお母《かあ》さん。

私《わたし》の仲間達《なかまたち》へ

ＬＤの欠《か》けてる私《わたし》の話《はなし》を聞《き》いて「あなたすてき」とか「勉強《べんきょう》になったわ」と言《い》ってくれる人《ひと》がいる。でもそれは、私《わたし》がすてきでもなんでもなくて、受《う》けとる人《ひと》の心《こころ》がすてきなんだと思《おも》う。

そう思《おも》える心《こころ》や、あなたがすてきなんだと思《おも》う。

いっぱい悩《なや》んで恥《は》ずかしい思《おも》いをして、泣《な》いてきた私《わたし》の仲間達《なかまたち》。大人《おとな》も子《こ》どもも、生《い》きやすい世《よ》の中《なか》にするために出《で》ておいでよ。自分《じぶん》たちで楽《らく》な生《い》き方覚《かたおぼ》えちゃおう。学歴《がくれき》がなくても読《よ》み書《か》きが苦手《にがて》でも、カッコイイ生《い》き方《かた》ができることを証明《しょうめい》しながら、子《こ》ども達《たち》に見《み》せていきましょう。すごいのは、地位《ちい》や学歴《がくれき》ではなくて人間力《にんげんりょく》だと、思《おも》いっきり学《まな》びましょう。しかし学歴《がくれき》や地位《ちい》も、ものすごいものでもあります！　努力《どりょく》があったからこそ、その大切《たいせつ》なものもあるのです。今大変《いまたいへん》に思《おも》っていることを後回《あとまわ》しにしても、結果《けっか》やらなきゃいけないことだから、今自分《いまじぶん》のために動《うご》きましょう。洗濯物《せんたくもの》や食器洗《しょっきあら》いを後回《あとまわ》しにしても、結果自分《けっかじぶん》が後《あと》でやることになる。それなら先《さき》にやっちゃった方《ほう》が後《あと》で自由《じゆう》になれるし、その間《あいだ》（やらないと、めんどうだなぁ）って考《かんが》えなくて良《よ》くなる。エネルギーがもったいない！

世《よ》の中少《なかすこ》し昔《むかし》と変《か》わって来《き》た。少《すこ》しずつ目《め》に見《み》えない障害《しょうがい》を分《わ》かろうとしてくれる人《ひと》は昔《むかし》より増《ふ》えている。メモが取《と》れないお母《かあ》さんの私《わたし》は、学校《がっこう》の連絡網《れんらくもう》がすごくつらい。学校《がっこう》では「個人情報保護法《こじんじょうほうほごほう》」に触《ふ》れるので、ここ最近《さいきん》、連絡網《れんらくもう》で回《まわ》すということをなくしたようだ。

私達《わたしたち》には、個人情報保護法《こじんじょうほうほごほう》という助《たす》かる制度《せいど》があった。個人情報保護法万歳《こじんじょうほうほごほうばんざい》！

もし身近《みぢか》に文章《ぶんしょう》や漢字《かんじ》が読《よ》めない人《ひと》がいたら「そんなのも読《よ》めないのかよ！」ではなく読《よ》み仮名《がな》を自然《しぜん》に教《おし》えてあげてほしい。読《よ》めない人《ひと》にとって教《おし》えてくれた人《ひと》は天使《てんし》のように見《み》えるし、すごく助《たす》かる。そうすると、ＬＤの人《ひと》と関《かか》わっただけなのに良《い》いことが起《お》こると思《おも》う。

私《わたし》は、このＬＤというすてきな遺伝子《いでんし》をいただいている。なぜ、私《わたし》がＬＤなのか考《かんが》えてみた。私《わたし》はＬＤを伝《つた》えるために生《う》まれてくることが決《き》まっていて、これを両親《りょうしん》から受《う》け継《つ》いだのかもしれない。だから私《わたし》は、この障害《しょうがい》に甘《あま》えずあぐらもかかず一番嫌《いちばんいや》な「書《か》く」ということで伝《つた》えようと思《おも》った。私《わたし》の作文《さくぶん》を読《よ》んで「この人《ひと》ＬＤじゃないんじゃない？」と思《おも》う人《ひと》がいても、言《い》われても、ＬＤの人《ひと》が一人《ひとり》でも「私《わたし》と同《おな》じ気持《きも》ち」と思《おも》ってくれた方《ほう》が、大《おお》きな収穫《しゅうかく》なんだ。困難《こんなん》なことをして伝《つた》えようとすると、伝《つた》わりかたも大《おお》きいだろうと勝手《かって》に思《おも》っている。

根拠《こんきょ》のない自信《じしん》

いつでもすぐにでもできる、簡単《かんたん》なことが二《ふた》つある。

一《ひと》つは障害《しょうがい》を困《こま》ることと思《おも》わないこと。つまり、私《わたし》と息子《むすこ》がＬＤでも困《こま》らないで、そのままの自分《じぶん》と我《わ》が子《こ》を好《す》きでいること。

もう一《ひと》つは、小《ちい》さいことでも感謝《かんしゃ》すること。少《すこ》し考《かんが》えてみて？　感謝《かんしゃ》ができる人《ひと》に悪《わる》いことが起《お》きると思《おも》う？　小《ちい》さな嫌《いや》なことは誰《だれ》にでもあることだから、それはカウントされないけど、悪《わる》いことは起《お》きないと私《わたし》は思《おも》ってる。

そして、最強《さいきょう》に強《つよ》い生《い》き方《かた》を私《わたし》は発見《はっけん》しちゃいました。（笑《わらい》）

それは……「根拠《こんきょ》のない自信《じしん》」

これを持《も》ってると最強《さいきょう》になれる。私《わたし》は一《ひと》つ一《ひと》つ楽《たの》しく、ふざけて生《い》きている。

家《いえ》にいると、どこで調《しら》べたんだか、塾《じゅく》の勧誘《かんゆう》の電話《でんわ》がかかってくる。

「もうそろそろ、お勉強《べんきょう》も難《むずか》しくなっていますし、力《ちから》になれると思《おも》いますが！　みなさん高学年《こうがくねん》になられると、お考《かんが》えになられますよ」

と言《い》う。私《わたし》は受話器《じゅわき》の向《む》こうの人《ひと》に高笑《たかわら》いしちゃう。この「みなさん」という言葉《ことば》が面白《おもしろ》くなっちゃう。うちの息子《むすこ》は高学年《こうがくねん》だけど、勉強《べんきょう》は低学年《ていがくねん》だ。そして私《わたし》も低学年《ていがくねん》だ。なんて、あんまりない例《れい》を教《おし》えてあげられる。私《わたし》は高笑《たかわら》いした後《あと》にこう言《い》ってみる。

「うちの子《こ》ＬＤだから、塾行《じゅくい》かないですよ」

そして息子《むすこ》だけのことを言《い》うのもなんだから、つけ加《くわ》えて

「私《わたし》もね！」

と伝《つた》えてみる。すると、
「そうですか……わかりました、失礼《しつれい》します」
と言《い》い、二度《にど》と同《おな》じ所《ところ》からは電話《でんわ》は来《こ》ない。なんて素晴《すば》らしい、傷《きず》つけない断《ことわ》り方《かた》があるんだろう。

いつだって自分《じぶん》を困《こま》らせることは簡単《かんたん》だ。私《わたし》の子《こ》どもが、ここで言《い》う「みなさん」と一緒《いっしょ》だったら、人生《じんせい》スムーズにみんなと同《おな》じだったのかなぁって困《こま》ってみる。困《こま》ったことが小《ち》さな木《き》になり、どんどん増《ふ》えて枝葉《えだは》に分《わ》かれ、木《き》は成長《せいちょう》し、大《おお》きな困《こま》った木《き》になってしまう……。そんなのはすごく疲《つか》れる生《い》き方《かた》で嫌《いや》だから、さっさと伐採《ばっさい》だ！

こんな繰《く》り返《かえ》しをしてきた私《わたし》は、楽《らく》な生《い》き方《かた》を楽《たの》しむ方《ほう》が大好《だいす》きだ。そして考《かんが》えようによっちゃ、普通《ふつう》のみなさんより楽《たの》しいことが多《おお》いような気《き》もする。スムーズにいかない分《ぶん》、私《わたし》の中《なか》にある物事《ものごと》や知《し》っていることを隠《かく》さず、洗《あら》いざらいにぶちまけてみると楽《らく》に生《い》きていける！

「バレた」とか「恥《は》ずかしい」とかは、どうでもいい。そして「変《か》わっている」とか「あんまりいない人《ひと》だよね」と言《い》われるのはとても嬉《うれ》しい。私《わたし》への最高《さいこう》のほめ言葉《ことば》だ。楽《らく》に生《い》きている自分《じぶん》の方《ほう》が魅力的《みりょくてき》だと勝手《かって》に思《おも》っている。

勝手《かって》に思《おも》うことはいいことだ。ここにも根拠《こんきょ》のない自信《じしん》がある。（笑《わらい》）

私《わたし》は「謙虚《けんきょ》」という言葉《ことば》とその意味《いみ》が好《す》きだ。

謙虚《けんきょ》で、ほめ上手《じょうず》で、ほめられ上手《じょうず》に生《い》きていきたい。

息子《むすこ》からもらった出会《であ》いに感謝《かんしゃ》

私《わたし》は、息子《むすこ》の通級指導教室《つうきゅうしどうきょうしつ》の先生《せんせい》にこの作文《さくぶん》を見《み》てもらった。

先生《せんせい》は「一緒《いっしょ》にこの夢《ゆめ》を叶《かな》えましょう」と言《い》ってくれた。こんな私《わたし》をほめてくれて、味方《みかた》になってくれて、勇気《ゆうき》づけてくれて、あげくの果《は》てには私《わたし》のために泣《な》いてくれた。

私《わたし》は、学生《がくせい》の時《とき》どんなに恥《は》ずかしい思《おも》いをしても嫌《いや》なことがあっても、人前《ひとまえ》で泣《な》いたことがない。大人《おとな》になっても、人前《ひとまえ》で泣《な》くのが嫌《きら》いだ。そんな私《わたし》が、先生《せんせい》の前《まえ》で泣《な》いてしまった。

大人《おとな》になって、人《ひと》のために一緒《いっしょ》に泣《な》いてくれる人《ひと》がいる。しかも、身内《みうち》ではない人《ひと》が、私《わたし》の背中《せなか》を押《お》してくれて泣《な》いてくれている。それだけでも、私《わたし》の大《おお》きな財産《ざいさん》だ。

息子《むすこ》がＬＤで支援《しえん》をされていなかったら、普通《ふつう》の小学校生活《しょうがっこうせいかつ》を送《おく》っていたら、違《ちが》う私《わたし》になっていた。相変《あいか》わらず先生嫌《せんせいぎら》いで、成長《せいちょう》していない私《わたし》だったと思《おも》う。人生《じんせい》は、人《ひと》が加《くわ》わることで全《まった》く違《ちが》う月日《つきひ》になる。人《ひと》に学《まな》ぶってすごいことだなぁ、考《かんが》えまでも変《か》えてしまうんだもん……涙《なみだ》もんです。

私《わたし》が強《つよ》くなりたいと思《おも》うのは、親《おや》、兄弟《きょうだい》、子《こ》ども達《たち》、そして理解《りかい》してくれる人《ひと》のおかげだ。

私《わたし》は、子《こ》どもからもらったこの出会《であ》いに、めちゃくちゃ感謝《かんしゃ》している。

私《わたし》は、昔《むかし》から思《おも》っていたことがある。

★どうして、読《よ》み書《か》きができないと、バカにされるの？

★どうして、読《よ》み書《か》きができないと、信用《しんよう》されないの？

★どうして、読《よ》み書《か》きができないと、正《ただ》しいことを言《い》っても「バカだから」に、たどり着《つ》くんだろう？
★どうして、自分《じぶん》よりできない人《ひと》だと知《し》った時《とき》、上《うえ》からものを言《い》うようになるんだろう？

私《わたし》は、人間《にんげん》ウォッチングがどんどん上達《じょうたつ》する。自分《じぶん》がＬＤだと言《い》わないで人《ひと》と話《はなし》をする時《とき》には、

「私《わたし》、結構分《けっこうわ》からないことがあってバカなんだよね！」

って言《い》うと、

「私《わたし》も同《おな》じだよ！　あんまり勉強《べんきょう》してこなかったから」

と言《い》ってくれる。でもレベルがかなり違《ちが》うけど……、そんな時《とき》は、その人《ひと》と同《おな》じレベルにしちゃう。

ＬＤって、深刻《しんこく》に考《かんが》えないでいいものだと思《おも》う。自分《じぶん》で深刻《しんこく》にしちゃうと、どんなことも深刻《しんこく》な悩《なや》みになる。悩《なや》みを大《おお》きくしちゃうのも自分次第《じぶんしだい》。

私《わたし》は、かなりのマイナス思考《しこう》。人《ひと》にきついことを言《い》われると、すぐ落《お》ち込《こ》んだり、嫌《いや》なことばかり考《かんが》えたりしてしまう。こんなこと書《か》いているが、悩《なや》むとかなり面倒臭《めんどうくさ》い。その反面《はんめん》、「なんとかなるかも」という考《かんが》えも持《も》っていて、自分《じぶん》でもどんな人《ひと》か分《わ》からない。私《わたし》は、私《わたし》をよく知《し》る人《ひと》に自分《じぶん》のことが分《わ》かってないことを尋《たず》ねる。すると、

「後《うし》ろを向《む》きながら、前《まえ》に歩《ある》いているんじゃない」

と言《い》ってくれた。

「そうだ！　それだ！　私《わたし》より私《わたし》のこと分《わ》かって、知《し》ってくれている。嬉《うれ》しい」

だから私《わたし》は、今《いま》もこれからも「後《うし》ろを向《む》きながら、前《まえ》へ歩《ある》いていく」。

推薦《すいせん》の言葉《ことば》

勇気《ゆうき》を届《とど》けたい

著者《ちょしゃ》は父親《ちちおや》、息子《むすこ》という三代《さんだい》つづく学習障害《がくしゅうしょうがい》に気《き》がついたことで、体《からだ》の底《そこ》から書《か》こうというエネルギーが湧《わ》き出《で》て、ポジティブな考《かんが》え方《かた》や魂《たましい》の叫《さけ》びにも似《に》た言《こと》葉《ば》がいきおいよく噴出《ふきだ》したかのようです。

昨年《さくねん》の暮《く》れにこの原稿《げんこう》に出会《であ》いました。こんなに前向《まえむ》きになるまでどんなに長《なが》い年月《ねんげつ》と、どれくらいの辛《つら》い・悔《くや》しい思《おも》いをしたのか考《かんが》えると涙《なみだ》が溢《あふ》れてきました。通級指導教室《つうきゅうしどうきょうしつ》の担当《たんとう》をしている私《わたし》にとって、本人《ほんにん》が読《よ》み書《か》きに困《こま》っている中《なか》、これほど長《なが》く書《か》いたものを見《み》るのは初《はじ》めてでしたので大変驚《たいへんおどろ》きました。

学習障害《がくしゅうしょうがい》を持《も》つ児童《じどう》は、現在《げんざい》、学校教育《がっこうきょういく》の通常学級《つうじょうがっきゅう》の中《なか》で、想像以上《そうぞういじょう》に多《おお》く存在《そんざい》することがわかってきました。文部科学省《もんぶかがくしょう》の報告《ほうこく》では、平成二十四年《へいせいにじゅうよねん》に実施《じっし》した調査《ちょうさ》では約六《やくろく》・五《ご》%程度《ていど》の割合《わりあい》で、発達障害《はったつしょうがい》の可能性《かのうせい》のある特別《とくべつ》な教育的《きょういくてき》支援《しえん》を必要《ひつよう》とする児童生徒《じどうせいと》が、通常学級《つうじょうがっきゅう》に在籍《ざいせき》しています。さらに日本《にほん》では、八万人以上《はちまんにんいじょう》の児童生徒《じどうせいと》が通級《つうきゅう》（注《ちゅう》）による指導《しどう》を受《う》け、そのうちの一四《じゅうよん》・三《さん》%が学習障害《がくしゅうしょうがい》という数値《すうち》も公表《こうひょう》されています。通級《つうきゅう》による指導《しどう》を受《う》けている児童生《じどうせい》徒《と》は、学習障害《がくしゅうしょうがい》の認識《にんしき》が高《たか》まるにつれて急激《きゅうげき》に増加《ぞうか》しています。

この原稿《げんこう》は、私一人《わたしひとり》が読《よ》むだけでなく、著者《ちょしゃ》の子《こ》が通《かよ》う小《しょう》・中学校《ちゅうがっこう》の先生《せんせい》や市《し》の教育委員会《きょういくいいんかい》の方々《かたがた》にも読《よ》んでほしいと強《つよ》く思《おも》いました。学習障害《がくしゅうしょうがい》を持《も》ちつつ生《い》きることの不便《ふべん》さや大変《たいへん》さ、さらに精神的《せいしんてき》な葛藤《かっとう》や混乱《こんらん》などの苦《くる》しさを理解《りかい》できるからです。目《め》に見《み》えにくい障害《しょうがい》は理解《りかい》してもらうのに時間《じかん》がかかります。知《し》らない、気《き》がつかない人達《ひとたち》が多《おお》いのではないかと思《おも》います。周囲《しゅうい》の子《こ》どもたちに「バカ」と言《い》われた場面《ばめん》が出《で》てきますが、たとえ言《い》わなくても「なんで、できないのだろう」と感《かん》じる子《こ》ども達《たち》はいると思《おも》います。

著者《ちょしゃ》は、中学校《ちゅうがっこう》以来《いらい》原稿用紙《げんこうようし》に三行以上《さんぎょういじょう》は書《か》いたことがない、と話《はな》してくれました。著者《ちょしゃ》が教育《きょういく》を受《う》けた時期《じき》は、知的《ちてき》な問題《もんだい》はないのに文字《もじ》を読《よ》むことができない、文字《もじ》を書《か》くことができない人《ひと》が存在《そんざい》することは、ほとんど知《し》られていない不幸《ふこう》な時代《じだい》でした。読《よ》み書《か》きができない生活上《せいかつじょう》の不便《ふべん》さを抱《かか》えながら、生《い》きてきたのです。この原稿《げんこう》を書《か》くにあたって、文字《もじ》の形《かたち》をスマートフォン片手《かたて》に認識《にんしき》しながら努力《どりょく》の末《すえ》に書《か》いたようです。このような形《かたち》で書《か》けたことは、目覚《めざ》ましい情報通信技術《じょうほうつうしんぎじゅつ》の発達《はったつ》が後押《あとお》ししたことも確《たし》かです。句読点《くとうてん》のつけ方《かた》、漢字《かんじ》、送《おく》りがな、文《ぶん》の構成《こうせい》などの課題《かだい》はあるものの並々《なみなみ》ならぬ努力《どりょく》の末《すえ》に書《か》き上《あ》げた心《こころ》打《う》つ内容《ないよう》です。

また、学習障害《がくしゅうしょうがい》のある我《わ》が子《こ》への様々《さまざま》なエピソードも笑《わら》いと涙《なみだ》を誘《さそ》います。学習障害《がくしゅうしょうがい》の息子《むすこ》との触《ふ》れ合《あ》いから見《み》えてくる茶《ちゃ》の間《ま》の風景《ふうけい》、子育《こそだ》てで一番大切《いちばんたいせつ》なことも見《み》えてきます。障害《しょうがい》があっても生《い》きている事《こと》だけでとういこと、そしてそのままで十分《じゅうぶん》なこと……などです。子育《こそだ》てが息苦《いきぐる》しいこの世《よ》の中《なか》にあってこそ、著者《ちょしゃ》のように笑《わら》い飛《と》ばせる元気《げんき》も必要《ひつよう》な気《き》がします。

情報化社会《じょうほうかしゃかい》の中《なか》で悩《なや》む子育《こそだ》てが増《ふ》える一方《いっぽう》ですが、あるがままに楽《たの》しく胸《むね》を張《は》って生《い》きる姿《すがた》に教《おし》えられるものが多《おお》いです。生活《せいかつ》する上《うえ》での不便《ふべん》さはあっても、ありのままの我《わ》が子《こ》を受《う》け止《と》めること、明《あか》るく力強《ちからづよ》く生《い》きる姿《すがた》、生《い》き様《ざま》には元気《げんき》づけられます。障害《しょうがい》を持《も》っている子《こ》ども自身《じしん》、そして保護者《ほごしゃ》、教育関係《きょういくかんけい》者《しゃ》、教育関係《きょういくかんけい》を目指《めざ》す大学生《だいがくせい》、思春期《ししゅんき》の中学《ちゅうがく》・高校生《こうこうせい》、一般《いっぱん》の子育《こそだ》てをしている方《かた》、……全《すべ》ての方《かた》に対《たい》して勇気《ゆうき》が与《あた》えられるのではないかと思《おも》います。学習《がくしゅう》障害《しょうがい》の理解《りかい》が一歩《いっぽ》でも進《すす》むことで、社会《しゃかい》が変化《へんか》し当事者《とうじしゃ》がどんなにか楽《らく》になり、真《しん》に平等《びょうどう》なスタートラインに立《た》てる日《ひ》が来《く》ることでしょう。そのことを願《ねが》うばかりです。

平成二十七年八月《へいせいにじゅうしちねんはちがつ》

小学校通級指導教室教諭《しょうがっこうつうきゅうしどうきょうしつきょうゆ》　笹本《ささもと》しず江《え》

（注《ちゅう》）通級《つうきゅう》による指導《しどう》は、小《しょう》・中学校《ちゅうがっこう》の通常学級《つうじょうがっきゅう》に在籍《ざいせき》し言語障害《げんごしょうがい》、自閉症《じへいしょう》、情緒障害《じょうちょしょうがい》、弱視《じゃくし》、難聴《なんちょう》、学習障害《がくしゅうしょうがい》（ＬＤ）、注意欠陥多動性《ちゅういけっかんたどうせい》障害《しょうがい》（ＡＤＨＤ）などの児童《じどう》を対象《たいしょう》として、障害《しょうがい》にもとづく、学習《がくしゅう》

上《じょう》または生活上《せいかつじょう》の困難《こんなん》の改善《かいぜん》、克服《こくふく》に必要《ひつよう》な指導《しどう》を特別《とくべつ》な場《ば》で行《おこな》う教育形態《きょういくけいたい》である。

文部科学省《もんぶかがくしょう》「特別支援教育《とくべつしえんきょういく》について――特別支援教育《とくべつしえんきょういく》の現状《げんじょう》」
平成二十六年五月一日現在《へいせいにじゅうろくねんごがつついたちげんざい》

あとがき

私《わたし》の中《なか》で少《すこ》しの悩《なや》みがある時《とき》に（私《わたし》よりつらい人《ひと》がいる、私《わたし》より……）と思《おも》うことがある（って思《おも》う心《こころ》がおかしな心《こころ》？）。それを思《おも》うことで励《はげ》みになり、つらい気《き》持《も》ちから抜《ぬ》け出《だ》せればたいしたものだが、それを思《おも》っても悩《なや》みは軽《かる》くならないし変《か》わらない。それどころか私《わたし》より……と思《おも》った時《じ》点《てん》で（私何様《わたしなにさま》なんだろう!?）と、そこにピントが合《あ》って考《かんが》えてしまう。だから今《いま》は、私《わたし》にはこの考《かんが》えはない。この考《かんが》えを自然《しぜん》に持《も》ってしまうと、ねたむ心《こころ》も生《う》まれてくるような気《き》がする。そして誰《だれ》よりもつらい……って落《お》ち込《こ》むよね。人《ひと》は人《ひと》、自分《じぶん》は自分《じぶん》。一《ひと》つしかなくていい。こんな小《ちい》さいことでもいちいち考《かんが》えて生《い》きていきたい。

本当《ほんとう》に、ふざけて適当《てきとう》に生《い》きてるのか、真面目《まじめ》に生《い》きてるのか、分《わ》かったもんじゃない。

私《わたし》は読《よ》み書《か》きが苦手《にがて》な分《ぶん》、想像力《そうぞうりょく》、行動力《こうどうりょく》、インスピレーション、根拠《こんきょ》のない自信《じしん》がフル回転《かいてん》しているんだ（笑《わらい》）。そしてバカな私《わたし》の想像力《そうぞうりょく》から考《かんが》えていることは、この作文《さくぶん》は私《わたし》のものではなく私《わたし》と関《かか》わってくれた全《すべ》ての人《ひと》の作文《さくぶん》だ。私《わたし》のものではない。

縁《えん》があってこの世《よ》の中《なか》に生《う》まれてきた、お母《かあ》さ～ん！　みなさ～ん！　根拠《こんきょ》のない自信《じしん》を持《も》って、私《わたし》と「おそろい」でふざけて生《い》きてみませんか？　大変《たいへん》だったことや苦労《くろう》は後《うし》ろにしまって、自分《じぶん》はたいした者《もの》ではないと、さらけ出《だ》して生《い》きてみませんか!?

ダメ？

大丈夫《だいじょうぶ》。

大丈夫《だいじょうぶ》。

うちは、三代《さんだい》つづいた、江戸《えど》っ子《こ》。
そして、三代《さんだい》づづいている、ＬＤ。
最後《さいご》まで、ありがとうございました。

松本三枝子《まつもとみえこ》

あとがき

著者手書《ちょしゃてが》き原稿《げんこう》（本文第《ほんぶんだい》6章《しょう》　父《ちち》も学習障害《がくしゅうしょうがい》だった）

NO1

父の仕事

私は父と話をした。

①「①」…父はなやんでいる、読み書きさえ出来たら、こわいものはない……と教えてくれた。そして社会で読み書きが苦手と言うこともつたえるのがこわいと教えてくれた…
子供よりも、大人の方が恐怖をかんじ、かくしたいという気持ちで、いっぱいだ。

この世の中に、学習障害の人は多いと言われているのを、あるところできいたことがある。ならなぜ、学習障害というものが世の中にしられわたらないのか？、

……隠れ学習障害……

それは、素直に言える、社会ではないからなのかもしれない……

そして、人にうけいれてもらえず バカにされる事を考えてしまうからなのかもしれない。ましてや、バカにされたけいけんも、あったんだろう。　もし素直に大人も読み書きが苦手なんです!!と言えて、会社のひっようなテストも、ふりがなやよみ上げをしてくれ

で、テストよりも講師の講習会にするとか少し受け入れて
くれるものがあれば　だいぶちがう・・・
世の中は、読み書きが当たり前と思い込んでいる。だから当たり前が、
できないとバカにしたり、ひそひそしたり　マイナスな部分だけ拾
い上げられてしまう…なぜだか、良いところより悪いところの方
がひきたつ。　もったいなく残念だ…　動きを見てください!!!
その人間の本質を見てください!!!
父は、時たま、声をふるえさせながら、つまらせながら、私に
おしえてくれた。
読み書きが、苦手だから、自分にできることを探すと、ささいな
ことだが、新しく入ってきた人にていねいに仕事をおしえたり、覚え
が遅くても、苦手な部分が人にあっても絶対に人をバカにしな
いこと、きちんと、お客様たていねいに、接し、かんしゃをし、きれ
いたおじぎをすること…と言っていた…　私は読み書きなんか
より、ささいなことを大切にしていてりっぱなことをしている父
が、大きくみえた、そんけいの気持でいっぱいだ。この両親を
そんけいできるのは、私に自分の弱い部分を見せてだらし
ないところをみせて生きていくのを学ばせてくれる。授業料も
とられない。なんて、私はラッキーなのだろう。この自分が
置かれた、設定がありがたくてしょうがない(笑)大人になっても
まだまだ教わる事がいっぱいだ。学習障害で生きて
きた父・今を生きてる私・これから生きていく息子

No2

すみません頭いたくなっちゃって大きく書き方かえてしまいました。

なんて、すてきなんだろう・・・ どうぞ私の両親、先輩よぼよぼになっても、私に生きざまを見せて下さい(笑) 父や隠れ学習障害の大人の人達がこの世の中で小さくなってしまう分、今を私はかえたい!・・・ もししょくばや知り合いの人が読み書きが苦手な人が居たら、バカにしないでほしい。かげ口をいわないであげてほしい。きっとバカにしなかった分、かげ口を言わなかった分良い社会になると思う・・・ そういうこともしない

分、良い縁も運も自分自身に来る、かも(笑)
むずかしいことでもなくかんたんにだれにでもで
きる事。そしてささいなこと(笑)」
●ここからは、のせるかどうかは、おまかせします。
どうしても、ヒソヒソしたくなっちゃう人へ
人には、それは、同じものがついている、頭・目・耳・
鼻・口、
頭は、いじわるをするための知恵をつくるところじゃない、
目は、人が悲しい嫌な顔を見るためについてるんじゃない
耳は、悪口、かげ口をきくためにあるんじゃない

No3

口は、人を傷つけるためにひらくんじゃない。
自分の大切な人がそんなことをされている
そうぞうをしてみて、こんなくだらないことは
ない。私も子供達に教えていきたい。
「くだらないことはしてはいけないよ」と
そして、
「人にバカにされて生きていくのは、まだいいけど
自分達は、みっともない生き方をしてはいけな

いよ」って、、
ヒソヒソしちゃう人達にも、苦手な、ものは
ありますよね!?、みんな同じ、、

松本《まつもと》　三枝子《みえこ》

1976年《ねん》12月《がつ》　東京《とうきょう》生《う》まれ　千葉県在住《ちばけんざいじゅう》

小学校入学時《しょうがっこうにゅうがくじ》から中学校卒業《ちゅうがっこうそつぎょう》まで読《よ》み書《か》き計算《けいさん》の困難《こんなん》さに生《い》きづらさを感《かん》じる。

息子《むすこ》の診断《しんだん》と共《とも》に自分《じぶん》もＬＤだと確信《かくしん》する。ＬＤの子《こ》ども達《たち》を見《み》つけてほしい一心《いっしん》で、教育者《きょういくしゃ》に体験作文《たいけんさくぶん》を見《み》せて歩《ある》く。

一人《ひとり》でも多《おお》くの理解者《りかいしゃ》を増《ふ》やすため、ＬＤの人《ひと》が堂々《どうどう》と生《い》きるために自分自身《じぶんじしん》の体験《たいけん》を元《もと》に伝《つた》えていきたいと願《ねが》っている。

学習障害三代おそろい
100％わかってもらえなくても、5％知ってもらえばいい

2015年　12月　1日　初版第1刷　発行
2016年　 4月 15日　初版第2刷　発行

著　者　松本三枝子
発行者　鈴木弘二
発行所　株式会社エスコアール　　千葉県木更津市畑沢 2-36-3
電　話　販売　0438-30-3090　FAX　0438-30-3091
　　　　編集　0438-30-3092
　　　　URL　http://escor.co.jp
印刷所　株式会社平河工業社

 ISBN978-4-900851-79-5